Ein Wochenende lang Krakau

OLAF GOLDAMMER

Ein Wochenende lang Krakau

(Eine Liebeserklärung an die Stadt
und ihre Menschen)

**Bibliografische Information der Deutschen
Nationalbibliothek**
Die Deutsche Nationalbibliothek verzeichnet diese
Publikation in der Deutschen Nationalbibliografie;
detaillierte bibliografische Daten sind im Internet über http://
dnb.dnb.de abrufbar.

© 2015 Olaf Goldammer
Satz, Umschlaggestaltung, Herstellung und Verlag:
BoD – Books on Demand
ISBN 978-3-7392-7252-8

I

Pani Kasia, die aus Krakau stammte, hatte gesagt: »Warszawa ist Stadt onne Gefüll.« Nicht einmal, nicht zweimal, sondern jedes Mal, wenn wir in der Kursstunde über Land und Leute sprachen. Der Satz war hängen geblieben. Bei jedem von uns. Was Pani Kasia über Krakau gesagt hatte, weiß ich nicht mehr. Vermutlich hatte sie nur ein oder zwei positive Eigenschaften der Stadt erwähnt. Ohne nun genau zu wissen, wie Warschau aussieht und was im Einzelnen so schlecht daran war, und ohne zu ahnen, was Krakau denn eigentlich so besonders machte, hatte ich mir meine Meinung gebildet.

Bei einem meiner späteren Besuche der Stadt konnte das Flugzeug wegen starken Nebels im herbstlichen Krakau abends nicht landen und musste weiter nach Warschau fliegen. Mit Justyna, die ich am Ankunftsgate angesprochen hatte, um nicht gänzlich hilflos dem Informations- und Organisationswirrwarr im Flughafenterminal ausgeliefert

zu sein, nahm ich den letzten Zug nach Krakau. Im Taxi zum Bahnhof berichtete ich von
Pani Kasia und ihrem legendären Satz über
Warschau. Während ich bisher in Englisch
gesprochen hatte, zitierte ich nun in Deutsch.
Justyna, die beruflich viel im Ausland unterwegs war, aber immer in ihre Geburtsstadt
zurückkehrte, hörte den Satz mit Freude, und
auch der Taxifahrer nickte verständnisvoll.

Pani Kasias Meinung über Warschau und
unausgesprochen auch über ihre Heimat
Krakau war zu meinem eigenen Glaubens-
bekenntnis geworden.

2

Ich war schon einige Male in Polen gewesen, in Danzig, in Breslau, dem heutigen Wrocław, in Posen und auch in Warschau. Mit dem Auto, mit dem Zug, mit dem Bus und mit dem Flugzeug, mit Freunden, mit Bekannten und manchmal alleine. Wenn ich alleine aufgebrochen war, gesellten sich immer Abschnittsgefährten für kürzere oder längere Zeit hinzu. Nie war es langweilig; stets freute ich mich auf den nächsten Besuch.

Das letzte Mal war mir hingegen in äußerst schlechter Erinnerung, eine Reise verpasster Möglichkeiten, sich geradezu aufdrängender, aber letztendlich in sträflicher Weise nicht ergriffener Gelegenheiten, die, wenn nicht ausschließlich, so dann zumindest größten Teils durch die meinerseits erfolgte und insofern selbstverschuldete unglückliche Auswahl meines Reisepartners ungenutzt verstrichen. Ein solcher Fehlgriff sollte sich nicht wiederholen. Zwar garantiert die Auswahl der richtigen Reisebegleitung nicht unbedingt das

Gelingen einer Unternehmung, doch mag jeder für sich selbst nachvollziehen, dass bestimmte Erlebnisse mit einigen Zeitgenossen schon von vornherein undenkbar sind. Mit anderen dagegen erlebt man viel und manchmal auch das, was man für unmöglich hält. Einen Vertreter dieser anderen Art Zeitgenosse wählte ich für meine Reise nach Krakau. Nennen wir ihn einfach A., A. wie anders. Da A. auch noch im weiteren Verlauf an der einen oder anderen Stelle eine Rolle spielen wird, erleichtert es die Darstellung, wenn er nicht namenlos bleibt.

Von A. wusste ich, dass er Bier und Wodka trank, richtigerweise müsste ich sagen, trinken konnte, denn A. war kein Trinker. Vielmehr war A. in bestimmten Situationen nicht abgeneigt, der heiteren Stimmung durch etwas Alkoholisches noch einen kleinen Schubs oder besser einen kleinen Schluck zu geben. Niemals artete der Alkoholkonsum derart aus, dass es zu peinlichen oder unangenehmen Situationen kam, für die man sich nachher schämen musste. Zumindest schämte ich mich nicht. Das mochte manchmal meinem eigenen Alkoholkonsum geschuldet sein, denn Schämen und Fremdschämen waren ehrlich gesagt mitunter durch den alkoholisierten Zustand praktisch gar nicht möglich ... Ich wählte also A., weil ich wusste, dass A. trinken konnte, und das ist in Polen bisweilen ein nicht zu unterschätzender Vorteil.

A. war nicht der Typ, der sich an einen Tisch in der hintersten Ecke eines Schanklokals setzt und darauf wartet, angesprochen zu werden. Nach den Erfahrungen während meines vergangenen Aufenthaltes in Polen war es für mich von großer Bedeutung, eine Begleitung zu finden, die von sich aus das Gespräch aufnimmt und die sich gerne, aber in gewisser Weise unspektakulär zum Mittelpunkt macht. Die Fähigkeit, Gespräche anzunehmen und fortzuführen oder von sich aus ungezwungen einzuleiten, ist schon im normalen Leben in Deutschland wichtig. Im Ausland scheint mir eine solche kommunikative Gabe noch ungleich wertvoller zu sein.

3

Der Bus brachte uns vom Flughafen in die Innenstadt von Krakau. Unser Hostel lag auf halber Strecke zwischen dem alten Marktplatz, dem Stary Rynek, und dem alten jüdischen Stadtviertel Kazimierz. Das Zimmer, das wir im Internet nach sorgfältiger Recherche ausgewählt hatten und dessen Reservierungsbestätigung uns zugesendet worden war, war bei unserer Ankunft am späten Nachmittag noch nicht bezugsfertig. Als kleine Entschädigung erhielten wir von der Rezeption je zwei Gutscheine für einen Shot Wodka in einer Wodkaschänke, einem auf Wodka spezialisierten Laden, in dem man Wodka kaufen, aber auch probieren konnte. Und das taten wir.

Es war Juni und angenehm warm. Die polnischen Frauen verstanden es, ihre Reize in wenige Zentimeter unter dem Bauchnabel endenden Hosen, mehr noch in Kleidchen und knapp bemessenen Röcken textil entsprechend herauszustellen. Wir schlenderten zum Rynek und sahen, was wir immer schon geahnt hatten. Eine Augenweide für jeden, der sich am Schlabberlook, an presswurstartig sitzenden Beinkleidern oder an dem Berliner Guerilla-Kampfanzug kombiniert mit entsprechend brutal-martialisch und furchteinflößendem Schuhwerk krankgesehen hat.

Wir hatten es nicht wirklich eilig, die Wodkaschänke zu finden. Nicht einmal nach Bier dürstete es uns.

Auf unserem Weg sahen wir zwei Dutzend Gruppen von Briten, die die Innenstadt besetzt hatten, unschwer zu erkennen am Gegröle und den von der Sonne geröteten Gesichtern und in der Mitte Nasen, von denen sich lösende Hautfetzen herabhingen.

Hier prallten zwei Welten aufeinander. Die schönen Polen einerseits. Das betraf die Frauen im Besonderen, aber auch die adrett gekleideten Männer. Die mit Ryanair eingeflogenen, Junggesellenabschied feiernden Insulaner andererseits. Wir standen in gewisser Weise zwischen den Fronten.

Wir entschieden uns, mit unseren Gutscheinen die Wodkaschänke aufzusuchen. Die Schänke befand sich in einer der vielen und engen Gassen unfern des Ryneks und war für den Ortskundigen in wenigen Gehminuten zu erreichen, ebenso für den Touristen nach gründlichem Studium des Stadtplans oder nach längerem Umherirren durch die verwinkelte Innenstadt auf dem einen oder anderen Umweg.

In der Wodkabar in der Ulica Mikolajska kramten wir unsere Gutscheine hervor, für die wir einen Żubrówka bekamen und dann noch einen. Żubrówka ist der mit dem Bisongras. Dann nahmen wir noch einen Wodka mit Minzgeschmack und einen mit Honig. Von dem mit Honig wurde mir allerdings leicht schlecht.

Der Wirt hatte uns gesagt, dass wir nach Kazimierz gehen sollten. Da fände das eigentliche Leben zumindest der jüngeren Krakauer statt. Hier hätte sich der Tourismus noch nicht gänzlich breitgemacht, und wer wollte, könnte hier noch das ursprüngliche und wahre Polen entdecken.

Kazimierz ist das alte jüdische Stadtviertel und war von Kazimierz Wielko dem Großen im 14. Jahrhundert eigens für die jüdischen Einwohner Krakaus gegründet worden, jedoch außerhalb der Stadtmauern. Da waren ihm die Juden genehmer als innerhalb der Stadt. Über die Jahrhunderte entwickelte sich hier ein lebhaftes Treiben der jüdischen Bürger mit den ihnen eigenen Sitten und Gebräuchen und einer Reihe von Synagogen. Es lässt sich hier durchaus von einer für die damaligen Verhältnisse sehr verdichteten Bebauung sprechen, denn die Idee des Königs war nicht in erster Linie, den Juden eine prächtige Vorstadt zu bauen, sondern ihnen allenfalls den Aufenthalt vor der Stadt auf stark parzellierten Grundstücken zu gewähren. Im Zuge der deutschen Besatzung während des Zweiten Weltkrieges fand das jüdische Leben in Kazimierz wie woanders in Polen auch und überall, wo die Deutschen wüteten, ein abruptes Ende. Die Juden wurden deportiert und vergast oder auf andere Art in großer Zahl vernichtet. Nach dem Krieg wurde der verwaiste Stadtteil nicht wieder aufgebaut, weil die ehemaligen angestammten Bewohner nicht mehr da beziehungsweise vorhanden waren und sich der Stadtteil aufgrund seines engen Zuschnitts auch nicht für den modernen Neuaufbau eignete. Gebaut wurde auf der grünen

Wiese nach sozialistischer Planung und ideologiekonformem Zuschnitt. Kazimierz war dem Verfall preisgegeben.

Nach dem Fall der Mauer und der sozialistischen Systeme zogen viele Künstler in die ehemals jüdische Vorstadt, denn Wohnraum war – und ist es mit gewissen Abstrichen noch heute – hier vergleichsweise billig. Einige Juden kamen zurück, in erster Linie natürlich ihre Verwandten und Kinder, die überlebt hatten, und bezogen wieder ihre alten Häuser und eröffneten vor allem Speiselokale, in denen sie koscheres Essen anbieten. Museen wurden eingerichtet und Synagogen wieder aufgebaut, in denen oft Klezmermusik zu hören ist. Polnische und ausländische Besucher bevölkern tagsüber die Straßen und Plätze und lassen sich die Vergangenheit des Stadtteils erklären oder sich in einem der vielen Cafés und Kneipen nieder und genießen das Flair, das sich unweigerlich einstellt, wenn so viele verschiedene Menschen zusammenkommen mit ihren unterschiedlichen Kleidungsstilen, Kopfbedeckungen und Bärten, jeder für sich aus einem anderen religiösen, kulturellen, vielleicht auch kommerziellen

Antrieb heraus oder einfach nur, weil sie das wieder erwachte Treiben in Kazimierz auf sich wirken lassen, die Düfte und Gerüche von alten Sachen und modrigen Häusern, auf dem Holzkohlegrill gebratenen Würsten und Schweinerippchen in sich aufnehmen wollen. Wenngleich sich ein Vergleich des alten ausgelöschten Kazimierz mit dem neuen oder dem neu und noch entstehenden Kazimierz von selbst verbietet, können der Betrachter der Szenerie des alten Stadtteils und auch der Leser erahnen, warum es so viele junge und jung gebliebene Polen und Neugierige tagsüber und mehr noch nach Beginn der Dämmerung in diesen lebhaften Bezirk zieht.

Wir verließen über die Ulica Dominanska den alten Stadtkern, der mit seinen frisch renovierten Häusern und Fassaden, seinen Souvenirläden und Bekleidungsgeschäften vor allem auch westlicher Modeketten, seinen Fastfoodrestaurants, mit den auf dem Rynek fahrenden Fiakern in erster Linie das touristische Publikum ansprach.

Wir überquerten die Ulica Swiety Gertrudy, passierten die Straße, in der unsere Unterkunft gelegen war, und näherten uns hinter der breiten Ulica Josefa Dietla dem angepriesenen Stadtteil Kazimierz, in dem wir auch die folgenden Tage verbringen sollten. Wir bogen von der Ulica Miodowa in die Ulica Estery ein und erreichten den Plac Nowy, den Marktplatz des alten jüdischen Viertels, der nach seiner Wiederentdeckung wegen zahlreicher an seinen Seiten gelegener Restaurants, Kneipen und Cafés Zentrum und zugleich Ausgangspunkt für alle abendlichen Aktivitäten einheimischer und zugereister Nachtschwärmer geworden war. Die Stühle der Cafés waren drinnen wie draußen alle belegt, und so drängten sich die später Hinzugekommenen auf dem Bürgersteig um die Sitzenden herum oder versperrten die enge, um den Platz führende Straße. In der Mitte des Platzes befanden sich neben den bereits erwähnten Wurstbrätern gemauerte sternförmig angelegte Imbissstände, an denen allesamt Zapiekanki, mit vielerlei Zutaten belegte und geröstete Brote, verkauft wurden. Das haben wir aber erst später erfahren und wunderten uns einstweilen über die insbesondere vor einem Stand immer länger werdende Warteschlange. Hier standen zunächst zehn, dann 20, und als wir das letzte Mal schauten, 30 Leute. Offensichtlich wurde das Angebot der Zapiekankistände, und allen voran dieses einen, rege genutzt, um dem Magen vor oder nach dem Kneipenbesuch etwas Festes zuzuführen. Wegen der zentralen Lage in der Mitte des Platzes eigneten sich die Zapiekankistände auch für einen kurzen Zwischenstopp, wenn man die eine Kneipe verließ und über den Platz auf das nächste Lokal zusteuerte. Dazu aber später mehr.

Zwischenzeitlich hatten wir uns ein großes Żywiec[1], wahrscheinlich war es schon das zweite, im Alhemia geholt und betrachteten im Stehen die Szenerie. Die Kneipe lag auf der Ecke, wenn man von der Ulica Estery auf den Platz kam. Im Alhemia fanden zahlreiche Konzerte statt und auch wenn es keine Veranstaltungen gab, war der Laden immer gut gefüllt. Sowohl für das nächste Getränk als auch für die Toilette musste man sich rechtzeitig anstellen und ausreichend Zeit einplanen. Man kam hier recht leicht ins Gespräch mit den Wartenden vor und hinter

---

1 Żywiec ist ein leicht malzig schmeckendes Bier und kommt aus dem gleichnamigen schlesischen Ort Żywiec; frisch gezapft und kalt ziemlich süffig.

der eigenen Warteposition, so dass die Zeit manchmal viel zu schnell vorüberging. Von mir selbst weiß ich, dass ich gelegentlich den eigentlichen Zweck des Wartens aus den Augen verlor und dann mit der neu gemachten Bekanntschaft nach unten zum Tanzen oder nach draußen zum Rauchen ging. Auf dem Rückweg kam die Erinnerung in der Regel von selbst wieder oder die Leute, mit denen ich losgezogen war und die auf das Bier warteten, sahen mich und fragten nach ihrem Getränk. Umgekehrt ließen sich auch die eigenen Freunde gelegentlich während des Wartens ablenken und saßen dann nicht immer an dem Tisch oder standen dort, wo ich sie verlassen hatte, sondern waren anderweitig oder anderswo gesprächs- oder damenmäßig beschäftigt.

Diesmal wurde ich jedoch nicht abgelenkt, und ich kam zügig mit drei Halben zurück an den Tisch, an den A. und ich uns zwischenzeitlich gesetzt und nach einigen Anstandsminuten Barbara angesprochen hatten. Barbara war groß, schlank, blond, hatte dunkelblaue Augen, kräftige Lippen und ein vielleicht etwas zu kleines Näschen, das ihre weichen

Gesichtszüge allerdings noch deutlicher zur Geltung brachte. Barbara sah irgendwie typisch polnisch aus, hatte aber – aus welchen Gründen auch immer – einen ebenso typisch deutschen Nachnamen. Barbara sagte, der Name käme von ihrem Großvater. Ich weiß nicht, ob wir danach tatsächlich gefragt hatten, aber die Antwort erschien uns plausibel. Das mochte an dem Wodka gelegen haben, den Barbara ausgab, oder an dem Bier davor. Wir fanden schnell andere Themen, die Barbara und uns gleichsam amüsierten. Um zehn kam ihr Freund. Wir nahmen noch einen Absacker zusammen und ließen die beiden dann allein.

Das war schon ein ganz netter Auftakt gewesen für den ersten Abend, meinte A. Alles war ein wenig flüchtig, aber auch sehr kurzweilig. Wir schlenderten weiter durch die Straßen des Viertels und stärkten uns unterwegs mit Piroggen[2] und einem weiteren Bier.

In einem Hinterhof hörte A. Musik, die von

2 Piroggen sind gefüllte Teigtaschen aus Nudelteig, mancherorts wohl auch aus Hefe- oder Blätterteig. Sie sind gefüllt mit Pilzen, Sauerkraut, Spinat, Käse, Hackfleisch. Vergleichbar mit den russischen Pelmeni, die ich aber bisher nur mit Fleischfüllung kennengelernt habe.

drinnen kam, und wir beschlossen, ans Fenster zu treten. Durch einen Spalt zwischen den Vorhängen konnte man hineinsehen. Das Areal bestand offensichtlich aus einem innenliegenden Gastronomiebereich und einer Art Gartenlokal im Hinterhof. Der Außenbereich erinnerte mich stark an die Gartenlokale in den Schrebergartenanlagen, wie man sie oft auch in Berlin und dem Umland findet. Da spielt dann eine Blaskapelle oder Musik läuft vom Band, gelegentlich wird das Tanzbein geschwungen, eins rechts, zwei links oder andersherum und auch im Wechsel. Das kommt dann immer darauf an, ob schon nach dem ersten Bier getanzt wird oder erst nach der Flasche Marillenschnaps. Die draußen servierten Schweinerippchen und Bratkartoffeln machten den Eindruck komplett. Deshalb waren wir nicht nach Krakau gekommen. Ich zögerte daher ein wenig hineinzusehen.

Bei einem der vorigen Besuche in Polen war ich mit meinem Freund B., den ich im Polnischkurs vor Jahren kennengelernt hatte, kurz nach dem EU-Beitritt Polens nach Posen gefahren. Nachdem wir im Laufe des Tages eine Reihe von skurrilen Bekanntschaften gemacht hatten, landeten wir um drei Uhr morgens im Studentenklub Pod Minogą. Es würde zu weit führen, alle die skurrilen Bekanntschaften an dieser Stelle aufzuzählen, die sympathischen Punkrocker, denen am Nachmittag auf dem Marktplatz wegen vermeintlichen Waffenbesitzes und der davon ausgehenden Gefahr für die Öffentlichkeit von der übereifrigen Polizei kurzzeitig Handschellen angelegt worden waren, möchte ich aber nicht unerwähnt lassen. Wir wurden Zeuge des Vorfalls, als wir auf der Terrasse eines alternativen Cafés wegen der großen Hitze bereits das dritte große Bier tranken, die zusammen immer noch günstiger waren als eins davon in Berlin. Das Missverständnis klärte sich auf, nachdem einer der Polizisten bemerkt hatte, dass es sich bei der verwendeten Waffe eindeutig um eine Wasserpistole handelte.

Im Pod Minogą jedenfalls sahen wir jede Menge hübscher jüngerer, aber auch älterer Studentinnen, die zumindest an diesem Abend schon vergeben und fest in den Händen von irgendwelchen Kerlen waren. Soweit ich mich noch erinnern kann und damals die

Gemengelage angesichts meines nicht unerheblichen Alkoholkonsums überhaupt richtig einschätzen konnte, herrschte eine sehr ausgelassene, ausschweifende Stimmung: Es wurde eng getanzt, gelacht, getrunken, wahrscheinlich eher gesoffen, geknutscht, von irgendwo, wahrscheinlich der Toilette, waren vereinzelt weibliche Freudenschreie zu hören. Ich wünschte, ich wäre dabei gewesen, und B. dachte wahrscheinlich Ähnliches. Wie schon gesagt, wir kamen zu spät, und konnten wegen unseres fortgeschrittenen Alkoholkonsums nur noch in den tiefen Sesseln im oberen Stockwerk Platz nehmen und unterhielten uns dort mangels besserer Alternativen mit einigen wahrscheinlich ebenso angetrunkenen polnischen Studenten der Philosophie, Politologie und Psychologie über so schwierige Themen wie die EU-Erweiterung und die mangelnde Konkurrenzfähigkeit der ukrainischen Kartoffel im Wettbewerb mit den hochgezüchteten westeuropäischen Agrarprodukten.

Das sind kurz zusammengefasst einige der Erwartungen, mit denen ich nach Krakau gefahren war und von denen ich A. im Vorfeld der Reise berichtet hatte und mit welchen ich jetzt gerade in diesem Moment durch das Fenster schaute.

Drinnen herrschte ganz offensichtlich eine ausgelassene Stimmung. Zu Klängen und Beats der 70er und 80er Jahre wurde heftig getanzt, allein und auch paarweise. Einige der einzelnen Damen waren auf die Bänke der rustikalen Inneneinrichtung gestiegen und klatschten zum Rhythmus in die Hände und bewegten nicht nur ihre Hüften passend zur Musik. Der ganze Raum schien bis in die hinterste und kleinste Ecke vom Saturday-Night-Fever ergriffen. Drinnen ging zweifellos die Post ab, und A. und ich konnten gar nicht schnell genug hineinkommen.

A. und ich passierten die Einlasskontrolle und entrichteten unsere Eintrittsgebühr von knapp zehn Złoty, umgerechnet damals zwei Euro. Wir holten uns zwei Bier an der Theke bei der freundlichen Bedienung, die mit ihren blonden Haaren, die zu einem Haarkranz geflochten waren, ein wenig wie Julia Timoschenko aussah. Das machte sie mir sofort sympathisch, auch deshalb, weil ich vor Jahren hoffnungslos in eine ukrainische Studentin verliebt war. Die Erinnerung war schnell wieder präsent und auch der unglückliche Ausgang unserer Liebe, die fast ähnlich tragisch endete wie bei Doktor Schiwago.

Nach dem ersten Bier war die Schwermut, die vorübergehend wegen des Schicksals von Doktor Schiwago meine Stimmung getrübt hatte, weitgehend verflogen. Wir entledigten uns unserer Jacken, die wir bisher wegen der lauen Sommernacht ohnehin nicht gebraucht hatten, umgehend, indem wir sie zu anderen Kleidungsstücken auf die Fensterbank des Fensters schoben, durch das wir einige Minuten vorher noch gespannt in den Saal hineingeblickt hatten.

Wir setzten uns an einen verwaisten Tisch, dessen Gäste wahrscheinlich spontan zur Tanzfläche gegangen waren und die wegen der gerade gespielten Klassiker keine ausreichende Zeit gefunden hatten, die Cocktailgläser vollständig zu leeren. Wir setzten uns dort mit einem gewissen Unbehagen hin. Höflicherweise hätten wir zuvor lieber gefragt, ob wir uns dazusetzen können.

Nach zwei Liedern kam eine Gruppe von sechs Leuten an unseren Tisch, von denen wir dachten, es wären die, denen die Cocktailgläser gehören. Nach weiteren zwei Liedern war uns jedoch klar, dass es sich bei besagter Gruppe nicht um diejenigen Leute handelte, von denen wir dachten, es wären die, die zu den Cocktailgläsern gehören beziehungsweise die Cocktailgläser zu ihnen. Die Gruppe wiederum und wahrscheinlich jeder Einzelne von ihnen dachte, es wäre unser Tisch, an dem sie Platz nehmen wollten, weshalb sie vorher auch höflich nachgefragt hatten, ob sie sich dazusetzen könnten. Das hatten A. und ich allerdings vorher nicht mitbekommen, weil die Gruppe uns auf Polnisch angesprochen und nicht direkt bemerkt hatte, dass wir keine Polen waren. Wir waren erfreulicherweise die einzigen Ausländer in diesem Schuppen, dessen Einrichtung mich so gar nicht an eine Diskothek erinnerte, abgesehen von einer Diskokugel, die in der Mitte über der Tanzfläche kreiste. Nachdem also die sechs Leute, davon drei Frauen und drei Männer in den frühen Dreißigern, mitbekommen hatten, dass wir Deutsche und des Polnischen nicht besonders mächtig waren, schwenkten sie auf Englisch um und erklärten uns nun, was sie einige Minuten vorher über uns, den Tisch und die Cocktailgläser gedacht hatten. A. und ich erklärten im Gegenzug, was wir von ihnen und über ihre Beziehung zu den Cocktailgläsern und dem Tisch anfangs geglaubt hatten. Es stellte sich jetzt nach und nach heraus, dass das, was jeder von dem anderen dachte, nicht das Richtige war. Einer von ihnen, Marek, hatte inzwischen einen halben Liter Wodka geholt und seinen fünf Freunden kräftig eingeschüttet. Als sich nun die verschiedenen Missverständnisse zu unserer Freude, aber sicherlich auch zu der Mareks und seiner Freunde aufgeklärt hatten, holte Marek einen weiteren halben Liter bei der Bedienung an der Theke, die, also nicht die Theke, sondern die Bedienung, immer noch so aussah wie Julia Timoschenko, und lud uns ein. Er stellte uns zwei Gläser hin und füllte nun bei jeder Runde acht statt sechs Gläser.

Wir kamen ins Gespräch miteinander, bedankten uns immer äußerst höflich für die Gastfreundschaft und versuchten im Übrigen, ab der zweiten Runde die Gläser nicht allzu schnell auszutrinken, weil wir noch nicht gänzlich vergessen hatten, was wir vorher schon konsumiert hatten. Marek schüttete trotzdem immer nach und forderte uns auf zu trinken. Es kam letzten Endes auf das Gleiche raus, ob wir den Anfang vom Glas langsam tranken und den Rest am Schluss schnell oder ob wir gleichmäßig in kleinen Schlucken das Glas leerten.

A. und ich steckten jetzt in einem Dilemma: zu trinken oder nicht zu trinken. Dies schien uns, ehrlicherweise muss ich sagen, mir, weil ich in diesem Moment nicht wusste, was A. dachte und ob er überhaupt noch dachte, eine Frage mit großer Tragweite zu sein. Aus meiner Sicht wäre es höchst unhöflich gewesen, Mareks Gastfreundschaft und den Wodka auszuschlagen. Wir waren nämlich die ersten Deutschen, mit denen Marek sprach, so viel hatten wir mittlerweile mitbekommen. Ansonsten kannte er, wie viele andere Polen auch, nur Willy Brandt und die Negativposten in der jüngeren deutschen Geschichte Adolf Hitler und Erika Steinbach[3]. Unserer

---

3   E. Steinbach war über lange Jahre Vorsitzende des Bundes der Vertriebenen und schlug vor allem während dieser Zeit – zumindest aus polnischer Warte – sehr revanchistisch erscheinende Töne an.

Entscheidung, weiterzutrinken oder die Einladung zurückzuweisen, kam somit in gewisser Weise eine politische Bedeutung zu. Das war jetzt nicht wie bei Willy Brandt, der vor dem Mahnmal in Warschau niederkniete, und als die Bilder in die ganze Welt übertragen wurden. Hier an unserem Tisch waren ja keine Fernsehkameras dabei, aber unsere Entscheidung hätte sich unmittelbar auf das bilaterale, wenn ich A. mitzähle, auf das trilaterale persönliche Mikroklima ausgewirkt. Positiv oder in negativer Weise. Wir entschieden uns zu bleiben und weiter mitzutrinken.

An diesem Tisch mitten in Polen im Krakauer Stadtteil Kazimierz waren wir drei dabei, die von Willy Brandt eingeleitete Versöhnung des polnischen und des deutschen Volkes mit Leben zu füllen. Die Idee der Völkerverständigung fand genau in dieser abendlichen Stunde Eingang in unsere Herzen und Lebern.

Natürlich auch in die von Piotr und Woitek und Ana, Ewa und Małgorzata. Wir waren mittlerweile bei Wodkaflasche Nummer vier angekommen. Für A. und mich war es die Nummer drei, weil wir bei der ersten noch nicht eingeladen waren und noch unser Bier tranken. Małgorzata freute sich in geradezu kindlicher Weise darüber, dass ich ihren Namen so gut aussprechen konnte. Wegen des ł[4] war das schon nüchtern gar nicht so einfach. Jahre zuvor, ich war noch ganz auf Französisch eingestellt, hatte ich in Nizza eine Studentin mit diesem schwierigen Namen kennengelernt. Seitdem wusste ich mit schwierigen Frauen umzugehen. Das behielt ich aber für mich. Piotr kam jetzt mit der fünften Flasche zurück, als der DJ gerade etwas von den Bee Gees auflegte und dann *Hot stuff* von Donna Summer und *In the navy* von Village People. Ich schnappte mir Małgorzata und zog sie widerstandslos zur Tanzfläche.

Die Frauen hatten den ganzen Abend nur dagesessen und darauf gewartet, dass ihre Männer sie zum Tanzen auffordern. Marek, Piotr und Woitek waren, so vermutete ich, Tanzmuffel, wie die meisten polnischen Männer. Die meisten (der polnischen Männer) waren deshalb auch direkt zu Hause geblieben

---

4   Das polnische ł spricht sich wie das W im Englischen *what* oder *when* aus. Die Schlagersängerin Katja Ebstein war in den 70er Jahren mit ihrem Theo fälschlicherweise immer nach Lodsch gefahren anstatt richtigerweise nach Wudsch.

und ließen ihre Frauen gewähren. Bei 70 % Frauenanteil hatten A. und ich an diesem Abend schon manche Chance ungenutzt verstreichen lassen und sie, die Chancen, sozusagen auf dem Altar der Völkerverständigung geopfert. Andererseits hätte ich mich ohnehin nicht getraut, eine von den drei Frauen an unserem Tisch schon zu einem früheren Zeitpunkt anzusprechen. Alleine aufzustehen und alleine zu tanzen, wäre auch keine gute Alternative gewesen. Jetzt glaubte ich, die Gelegenheit nutzen zu können, ohne mir die Eifersucht von Marek zuzuziehen. Marek und Małgorzata waren ein Paar. Wir tanzten drei Runden. Dann ging Małgorzata zum Tisch zurück, und ich und auch A. blieben auf der Tanzfläche. Wahrscheinlich hatte Małgorzata doch ein schlechtes Gewissen, oder ich hatte ihr auf die Füße getreten.

Nach dem nächsten Hit ging ich auch kurz zurück und trank von meinem Bier. Piotr hatte inzwischen weiter auf die Völkerfreundschaft getrunken und leichte Schwierigkeiten, sich gerade auf dem Stuhl zu halten. Mit Hilfe des Tischs gelang es ihm jedoch immer wieder sich aufzurichten. Bei der nächsten

Runde war er wieder voll dabei – und ich um des lieben deutsch-polnischen Friedens willen auch. Marek verstand unsere getränketechnische Zurückhaltung ohnehin nicht. Mit einem »This is my day – my wife is driving!« schenkte Marek die nächste Runde aus. Ich fand es an der Zeit, auch mal eine Runde zu spendieren. Mit Blick auf das deutsch-polnische Verhältnis, die schwierige Vergangenheit, die EU-Erweiterung und was weiß ich noch wollte ich mich nicht den ganzen Abend einladen lassen. Dann stellte ich allerdings folgende Überlegung an: Marek, Woitek und Piotr wären wahrscheinlich begeistert, wenn ich noch eine Flasche holte, könnten sie am Ende aber möglicherweise gar nicht oder nicht vollständig trinken, weil sie zwischenzeitlich auch zu voll waren. Auf jeden Fall würden sie sich mit einer weiteren Flasche revanchieren. Worauf die nächste Runde dann wieder auf uns ginge. Also auf mich, A. war plötzlich verschwunden. Wahrscheinlich auf die Tanzfläche. Das konnte ich nicht (mehr) so genau erkennen. Alles um mich herum bewegte sich schneller, als meine Augen folgen konnten. Mir war etwas schummrig. Ich musste aufstehen.

Ich eilte nach draußen und sog die frische Luft ein. Nach einer Weile ging ich wieder zurück und tanzte allein. Schließlich sah ich A., wie er mit einer außerordentlich attraktiven jungen Frau tanzte. 24 vielleicht. A. konnte gar nicht richtig tanzen. Das war aber offensichtlich kein Problem. Mir gefiel die eng geschnittene karierte Bluse von der jungen Polin, die mit A. tanzte, so dass ich einige Male neidisch zu beiden hinüberblickte. Das war das letzte Mal, dass ich A. an diesem Abend längere Zeit und bewusst sah. Das Nächste, an das ich mich erinnere, war, dass ich mit Anita tanzte. Ziemlich lange sogar. Anita war die junge Dame mit der karierten Bluse. Und ich wusste partout nicht, wie sie in meine Arme gekommen war. Das nennt man wohl einen Filmriss.

In Polen wird übrigens öfter und mehr zusammengetanzt als in Deutschland. In dem Clublokal, in dem wir uns befanden[5], wird in der Regel bis 23 Uhr aus Platzgründen alleine getanzt. Wie in einer Sardinendose ist die Entfaltungsmöglichkeit begrenzt. Nach

---

5   Den Namen möchte ich hier nicht verraten, um die Anonymität des Ortes und seine Ursprünglichkeit zu wahren.

23 Uhr und am besten noch vor Mitternacht sucht man sich einen Tanzpartner. Die Frauen lassen sich grundsätzlich gerne führen, und der Mann muss in der Regel die Initiative ergreifen.

Um Mitternacht verlor ich Anita aus den Augen und aus meinen Armen. Ich kehrte noch einige Male an unseren Tisch zurück. Piotr fiel im weiteren Verlauf des Öfteren vom Stuhl und wurde dann von Marek und Woitek jedes Mal wieder in seine Ausgangsposition gebracht. Ich trank jetzt nur noch Wasser. Ich war in Stimmung und hatte mich gut eingetanzt. Es kam mir zupass, dass ich einige polnische Lieder kannte. Darüber ließ sich ein Gespräch anfangen und manchmal auch mehr. Nach Anita tanzte ich zunächst mit zwei anderen jüngeren Polinnen meist so eine Art Foxtrottstandardschritt mit Dreheinlage. Und Blues, weil das immer geht, wenn man für einander eine gewisse Sympathie empfindet.

Zum Schluss tanzte ich mit Kasia. Kasia war außerordentlich hübsch. Sehr zierlich. Schwarzhaarig. Mit dunkelbraunen Augen und einer wundervollen Stimme. Ich hatte Kasia aufgefordert, und sie war sofort mitgekommen. Wir tanzten bis zum letzten Lied. Kasia hatte gerade ihr Biologiestudium beendet und war 23. Weiter reichte mein Polnisch nicht. Ihr Englisch leider auch nicht. Die Kommunikation war gut anderthalb Stunden im Wesentlichen auf das Nonverbale beschränkt. Etwa wie beim Tango. Es wird auch nicht gesprochen, man kommt sich ohne große Worte dennoch sehr nahe. Wenn man sich dann nach dem Tanzen hinsetzt und findet keinen weiteren Anknüpfungspunkt für ein Gespräch, ist es aus. Der nächste Tango geht an jemand anders. Oder der Morgen danach. Im günstigsten Fall gelingt es, den euphorischen Zustand des Abends und der Nacht fortzuschreiben. Sonst war es der letzte gemeinsame Morgen. In unserem Fall war es der letzte gemeinsame Tanz, auch weil der DJ mit Louis Armstrongs *What a wonderful world* inzwischen seine Schicht beendet hatte und zusammenpackte.

Beim Rausgehen verabschiedeten wir uns herzlich, Kasia fuhr mit ihren Freundinnen nach Hause, und ich ging zum Plac Nowy zurück. Hier standen immer noch einige Nachtschwärmer vor den inzwischen geschlossenen

Verkaufsständen in der Mitte des Platzes herum. Vor dem Thai-Imbiss in der Ulica Estery löste sich gerade die Schlange der Hungrigen auf. Es gab wohl nichts mehr. Mich verschlug es zum Singer.

4

Das Singer liegt auf der Ecke Ulica Estery/Ulica Izaaka. Seinen Namen hat es von den alten versenkbaren Nähmaschinen, die draußen wie drinnen als Tische genutzt werden. In diesem Augenblick wusste ich allerdings nicht, dass ich im Singer gelandet war. In und vor dieser mir zu diesem Zeitpunkt noch gänzlich unbekannten Kneipe sammelten sich alle, die nachts um drei noch nicht nach Hause gehen wollten oder sich erst überlegten, was sie genau wollten. So wie ich.

Ich hatte bis zu diesem Zeitpunkt einen wunderbaren Abend verbracht, mit A. zusammen hatte ich offensichtlich schnell das wahre Polen gefunden und war in eine mir unbekannte Welt eingetaucht. Jeder Reiseführer preist geheime und ursprüngliche unentdeckte Orte an, die spätestens dann, wenn sich alle beflissenen Leser dort treffen, ihren Charme verlieren. Das ist fast immer so, es sei denn, man fährt dorthin, worüber noch nicht geschrieben wurde. Natürlich wurde auch schon über Kazimierz berichtet, und dennoch gibt es hier einige Ecken, zu denen kein Reporter vorgedrungen ist und die im Internet noch nicht gepostet wurden. So etwas hatten wir mit unserem Tanzlokal entdeckt.

Schilderungen in Reiseführern haben immer etwas Statisches, auch wenn die Plätze und Menschen dort noch so quirlig und betriebsam beschrieben werden. Der Tourist, im besten Fall ein belesener Kulturreisender mit hohen Ansprüchen, sucht die in seiner Reiseliteratur genannten geheimen Straßen und Lokale auf und betrachtet sie aus der Ferne oder wie durch einen Spion in der Haustür. Selten taucht der Entdecker in das Leben der Einheimischen ein. Der Tourist bleibt Tourist und fährt mit seinen unzähligen Fotos wieder nach Hause. A. und ich hatten zwar keine Kamera dabei, aber der Abend hat sich tief in unsere Herzen und Seelen eingegraben.

Auf dem Bürgersteig vor dem Singer drängten sich die Leute und standen bis auf die Straße. Einige, die keinen Platz gefunden hatten und auch nicht mehr stehen wollten oder konnten, hatten es sich auf der Bordsteinkante bequem gemacht. Die meisten tranken Bier und rauchten, drinnen herrschte seit dem EU-Beitritt in den meisten Räumen Rauchverbot. Ich arbeitete mich in Richtung Eingang vor.

Den Gästen im Vorraum konnte man die Anstrengung des Abends und der Nacht nicht nur in ihren Gesichtern ansehen. Einige kämpften gegen den Schlaf an und damit, ihre Augen offen zu halten, andere kämpften mit dem Bier, manche hatten Schwierigkeiten, das Glas zu greifen oder zum Mund zu führen oder beides. Wiederum andere kamen verschwitzt mit verklebten Haaren und feucht glänzender Stirn aus dem Hauptraum zurück, in dem Ska, Swing und Charleston vom Band liefen und wahrscheinlich getanzt wurde. Vor dem Zugang zum Hauptraum drängten sich verschiedene Frauen und Männer, die entweder nicht mehr hineinkamen oder die noch keiner zum Tanzen gefragt hatte.

Der Raum war schummrig, die Kronleuchter und Kerzenlichter verströmten ein gelbartiges Licht in der Art von alten Gaslaternen, wie sie früher in Berlin allerorten aufgestellt waren. Alles im Raum war hell und trotzdem dunkel genug, um vor sich hin zu träumen.

Das Interieur bestand aus hölzernen Bistrotischen und Stühlen, von denen der ein oder andere unter dem Gewicht seiner Okkupanten zusammenzubrechen drohte oder weil sommerlich verführend gekleidete Damen in der einen oder anderen Weise auf den Oberschenkeln und Knien ihrer in der Regel männlichen Freunde herumrutschten. Auf dem Tisch stehende und meist halb volle Gläser wurden gelegentlich umgestoßen. Der Inhalt verbreitete sich dann auf den Tischen und tropfte von da aus auf manches Knie oder in manchen Schoß, was bei den Benässten für eine überraschende Erfrischung, aber nicht für Aufregung oder diffusen Ärger sorgte.

Ich dachte noch ein wenig an Kasia und wie gern ich mit ihr getanzt hatte und sie ja auch mit mir. Hätte ich das Singer vorher gekannt, vielleicht wäre es mir gelungen, Kasia hier mit hinzunehmen, und wir hätten entspannt den Morgen erwartet. Dann hätten wir jetzt auch auf einem dieser Stühle gesessen oder in dem Stoffsessel in der Ecke. Ein Anflug von Melancholie machte sich bei mir breit. Ich betrachtete die Gäste des Lokals und wäre zu gern einer von ihnen gewesen. Neuankömmlinge wurden begrüßt, man kannte sich offenbar oder lernte sich gerade erst kennen. Ich entschied mich, ein Bier zu holen, und trat zu diesem Zweck durch die Öffnung zum Hauptraum, in dem ich die Theke vermutete.

Ich blickte direkt auf die Theke, die nur wenige Meter von mir entfernt war und sich auf der gegenüberliegenden Seite des rechteckigen Raumes befand. Links schien der Raum noch weiter zu gehen, aber wegen der vielen, meist tanzenden Leute konnte ich nicht einmal mit meinen Augen bis an das andere Ende durchdringen. Links neben dem Zutritt, durch den ich gekommen war, befand sich ein großer Eichentisch. Auf diesem tanzten ein älterer Herr und eine deutlich jüngere Dame leidenschaftlich einen Foxtrott. Der Herr mit den grauen Haaren hatte seine Tanzschritte nicht vergessen und führte stilsicher. Ich reihte mich in die Gruppe der vor der Theke beharrlich Wartenden ein und trat einen kleinen Schritt vor, wo die Schlange endete. Je weiter ich aufrückte, desto mehr konnte ich von dem Raum erkennen.

Der Raum war durch seine Tapete und die Vorhänge in purpurrotes Licht getaucht. Die Wandleuchter gaben wegen der Lampenschirme nur gedämpftes und zur Raummitte hin immer spärlicher werdendes Licht ab. Die Personen an den Rändern des Raumes waren gut zu erkennen, die in der Mitte Tanzenden nur dann genau, wenn man näher herantrat.

Hinter der Theke bedienten zwei Mittzwanziger, ein Er und eine Sie, die offensichtlich keine Eile hatten. Wahrscheinlich gab die Zapfanlage auch nicht mehr her, und wenn die beiden am Abend zuvor mit ihrer Schicht begonnen hatten, konnte man jetzt um kurz vor vier auch nachsichtig mit ihnen sein. Darüber hinaus schien auch keiner der Wartenden unter akutem Durst zu leiden. Die Gesichter ließen darauf schließen, dass alle noch genug Alkohol im Blut hatten. Im Übrigen hätte übermäßige Betriebsamkeit auf Seiten der Bedienung nur unnötig störende Hektik verbreitet. Alles schien seinen Gang zu gehen. Alle waren willkommen. Jung und Alt. Mit Sakko und ohne. Im Hemd oder im Pulli. In Jeans oder im Sommerkleid. Mit Doc Martens oder Flipflops.

Die Dame, die bediente, sammelte von Zeit zu Zeit die Gläser ein und stieg dazu auch auf die Sitzbank hinter dem Tisch. Ich wunderte mich, dass sie mit ihrem langen Rock und ihren hohen Absätzen nicht stolperte. Genauso wenig wie die beiden auf dem Tisch Tanzenden, die bei ihren Drehungen immer gefährlich nahe an die Tischkante herankamen, aber doch stets so viel Platz ließen, dass sie nicht hinunterstürzten. Später waren sechs andere Personen auf den Tisch gestiegen, die aber nicht tanzten. Zwei von ihnen berührten mit ihren Hinterköpfen ständig ein von der Wand schräg herabhängendes Bild und waren in ständiger Sorge, das Gemälde könnte herunterfallen. Deshalb drehten sie sich in regelmäßigen Abständen zur Wand und zum Bild um und drückten dieses gegen die Wand. Als sie die Hände vom Wandschmuck abließen und sich der Raummitte wieder zuwendeten, kippte das Bild von Neuem in den Raum zurück und leicht gegen ihre Köpfe. Dieses Prozedere wiederholte sich, bis die beiden den Tisch verließen. Entweder hatten sie Spaß daran gefunden oder sie merkten wirklich nicht, dass das Bild an mehreren Aufhängungen fixiert war. Ich hatte sie während des Wartens gelegentlich beobachtet und war höchst amüsiert.

Ich war in der Reihe der Wartenden ein gutes Stück aufgerückt und konnte jetzt den ganzen Raum einsehen. An seiner Rückseite standen zwei Nähmaschinentische mit Stühlen. Auf einem saß K., den ich am darauffolgenden Tag als Künstler und Galeristen kennenlernte. An diesem Abend konnte ich hingegen nur Mutmaßungen über seine Person anstellen. Sein rotes Piratentuch machte ihn zum Unikum. An seiner Seite vergnügten sich drei hübsche Hippie-Damen. K. verkaufte und malte Grafiken, Radierungen, Gemälde und Skulpturen vorwiegend an Touristen. Er hatte seine Galerie knapp 100 Meter vom Singer entfernt. Bestimmt hatten die drei Damen schon einmal Akt gestanden in seinem Atelier. Augenblicklich reflektierte ich nur über die freie Liebe, von seiner Profession wusste ich an diesem Abend schließlich noch nichts. Ich war mit meiner Bestellung dran.

Ich bestellte ein großes Żywiec und lehnte mich damit an die eben noch betrachtete Rückseite des Raumes in Sichtweite zu K.

Hinten links ging ein kleines Zimmer ab. Der Wandleuchter dort war defekt. Die einzige Beleuchtung kam von den zwei Kerzen auf den Tischen. Das Separee wurde in unterschiedlicher Weise genutzt. Vorne in der Ecke schlief jemand seinen Rausch aus. Am mittleren Tisch hatten es sich drei Damen bequem gemacht, die ich vorher hatte noch wild zu Ska tanzen sehen. Ein Pärchen saß in der hintersten, fast dunklen Ecke. Ich wollte ihre Intimität nicht stören und blieb vorne im Türrahmen.

Nach einem weiteren Bier traute ich mich und sprach vorne im Raum eine junge Frau an, die am Tisch sitzen geblieben war, während ihre beiden Bekannten zusammen tanzten. Als die tanzende Freundin meine Ansprache mitbekam, stürzte sie eifersüchtig auf mich zu, beschimpfte mich, nahm ihre Freundin in den Arm und machte mir unmissverständlich klar, dass ich die Finger von der Freundin lassen sollte. Ich wollte schon gehen, trank dann aber das Bier aus und bestellte etwas trotzig noch eins. Die Eifersüchtige hatte gehört, dass ich die Bestellung auf Polnisch abgegeben hatte und kam jetzt auf mich zu.

Meine Sprachkenntnisse hatten offensichtlich Eindruck gemacht. Sie nahm meinen Arm, und wir schwoften einige Runden. Ich hatte nichts dagegen. In der Mitte des Raumes lag ein großer Teppich, der an seinen Enden immer umschlug, wenn wir die Füße nicht richtig hoben. Ich hatte den Teppich jetzt erst wahrgenommen. Wie meine neue Bekannte hieß, hatte ich einige Sekunden, nachdem ich sie gefragt hatte, wieder vergessen. Ich fand ihr Verhalten amüsant und seltsam ehrlich. Man sagt nicht ohne Grund, dass Kinder und Betrunkene immer die Wahrheit sagen. Später hatten wir noch alle zusammen am Tisch gesessen. Meine Tanzpartnerin, deren Namen ich vergessen hatte, ihre Freundin, die ich zuerst zum Tanzen auffordern wollte und ihr männlicher Begleiter.

5

Ich war gerade eingeschlafen, als A. zu meiner Überraschung ins Zimmer kam. Ich hatte ihn noch nicht zurückerwartet. Als Kasia und ich den Tanzclub verlassen und uns verabschiedet hatten, hatte ich in einiger Entfernung A. mit einer Frau weggehen sehen. Danach hatte ich nicht mehr an ihn gedacht.

Der Abend – zutreffender wäre sicherlich, vom frühen Morgen zu sprechen – war für A. ganz augenscheinlich nicht so verlaufen und insbesondere geendet, wie er sich das womöglich gewünscht hatte. A. fluchte ein wenig, ließ sich aber nichts Genaues darüber entlocken, was sich in den Stunden zuvor zugetragen hatte, seit ich ihn auf der Tanzfläche das letzte Mal gesehen hatte und er vermutlich auch mich.

Aufgrund mehrerer Andeutungen, die A. während des nächstes Tages und in einigem zeitlichen Abstand zu unserer Reise machte, und aufgrund von Berichten anderer Personen, die ich später erst traf, ließen sich die Ereignisse der Nacht und der frühen Morgenstunden ungefähr rekonstruieren.

A. hatte zunächst Anita auf ihre karierte Bluse angesprochen. Es ist, das weiß ich aus eigener Erfahrung, oft absolut unwichtig, was man sagt. Mehr als die Worte zählt oft das Wie. Und die Augen. Manchmal sind es einfach zwei Augenpaare, die sich treffen. Was A. genau zu Anita gesagt hatte, entzieht sich meiner Kenntnis, ist aber aus den gerade angeführten Gründen auch unbedeutend. Die beiden hatten miteinander getanzt – das hatte ich selber gesehen – und waren dann zur Theke hinübergegangen, wo sie Getränke bestellt hatten. Es war schließlich eine weitere männliche Person an die Theke getreten. Mit dieser war es zum Streit gekommen. Was der Anlass für die heftige und später auch handgreifliche Auseinandersetzung gewesen war, konnte ich nicht in Erfahrung bringen. In der Absicht, den Streit zu schlichten, war U. (wie unbekannt) zu den drei Kampfhähnen hinzugestoßen. U. hatte spontan – und möglicherweise auch aus Eigeninteresse – Partei für A. ergriffen und war hierüber mit diesem ins

Gespräch gekommen. Später hatte A. die U. zu einem Getränk eingeladen, auch um sich für ihre Hilfe und Unterstützung zu bedanken. A. lud Frauen aus eroberungstaktischen Gründen nie zu einem Getränk ein, sondern ließ die Frauen grundsätzlich selber zahlen. Das scheint mir Beleg genug dafür zu sein, dass sich U. sehr für A. und seine körperliche Unversehrtheit eingesetzt haben musste. A. und U. hatten sich im weiteren Verlauf mindestens noch drei – andere Quellen sprechen von vier – alkoholische Getränke geholt und waren dann in einer Ecke des Raumes verschwunden. Es ist zu vermuten, dass sich die beiden auf der Sitzbank sehr nahegekommen waren, soweit das eben in der Öffentlichkeit eines Clubs möglich ist. Vergleichsweise sicher ist auch, dass sie sich bereits in dem Club geküsst hatten. Als der DJ zum Schluss des Abends *What a wonderful world* gespielt hatte und Kasia und ich uns verabschiedet hatten, mussten auch die beiden das Tanzlokal verlassen haben. Ich hatte sie schließlich auch gesehen. Draußen waren die beiden übereingekommen, noch eine weitere gastronomische Lokalität aufzusuchen. Nach einem letzten und zusätzlich einem allerletzten Absacker waren sie schließlich zusammen zu der U. gegangen beziehungsweise gefahren. U. wohnte etwas außerhalb des Zentrums. Es lässt sich mit einiger Gewissheit annehmen, dass A. und U. sich zu diesem Zeitpunkt einig waren, dass sie noch ein weiteres Stück des Morgens gemeinsam bei U. verbringen wollten.

U. hatte A. zu sich mit in die Wohnung genommen. Beide waren die Stufen zu ihrer Wohnung hinaufgeschritten. Sie hatten sich die Schuhe ausgezogen und es sich auf dem Sofa ihrer kleinen Zweizimmerwohnung bequem gemacht. Sie hatten wohl auch noch ein weiteres Glas Wodka getrunken. A. hatte dann angefangen, U. über die Knie und die Beine, vermutlich konzentrierte er sich auf die Oberschenkel, und schließlich über den Bauchnabel zu streicheln. Endlich war A. bei den Brüsten angekommen. U. genoss offensichtlich das zärtliche Werben. Über den weiteren Hergang herrscht zwar in der Sache kein Dissens, wohl aber gibt es unterschiedliche Sichtweisen.

Während A. nun davon ausgegangen war,

dass er nach erfolgreichem Öffnen des Büstenhalters und kurz darauf folgendem Liebkosen von U.s Schamlippen mit U. den Beischlaf ausüben könnte, hatte U. es zumindest für den ersten Abend beim Küssen von Brüsten und Genitalbereich belassen wollen. Beide waren offensichtlich mit unterschiedlichen Vorstellungen in U.s Apartment gegangen, die sich ebenso offensichtlich nicht auf einen Nenner bringen ließen. Ob es zwischen den beiden lautstarken Streit gegeben hatte oder ob man sich quasi einvernehmlich gesichtswahrend verabschiedet hatte, ist nicht bekannt. Letztendlich ist auch nicht klar, wie viel Alkohol U. und A. getrunken hatten, und noch viel weniger, ob sie auch so viel vertrugen. Möglicherweise hatte U. schon einen Zustand von eingeschränkter Zurechnungsfähigkeit oder gar Unzurechnungsfähigkeit erreicht, wie es gelegentlich während des Konsums von Alkohol und vor allem danach hinlänglich bekannt ist. Nach Absinken des Alkoholpegels und Wiedererlangung eines Zustandes von Zurechnungsfähigkeit war sich U. vermutlich bewusst geworden, dass sie keinen Sex wollte. U. hatte dem A. dann noch ein Taxi gerufen.

A. stand jetzt im Zimmer und fluchte noch ein wenig. Ich berichtete kurz über meinen Abend.

6

Zum Frühstück erschien A. nicht. Ich schätzte die freundliche Atmosphäre des Hauses und war, wenn auch leicht verspätet und verkatert, um kurz vor zwölf am Frühstückstisch erschienen. Es war ein warmer, aber nicht zu sonniger Tag. Ich entschied mich, nach Kazimierz zurückzukehren, an den Ort, an dem ich solch eine wunderbar bizarre Nacht verbracht hatte.

Über die Ulica Estery erreichte ich den Plac Nowy. Tagsüber waren hier Marktstände mit Obst und Gemüse aufgebaut. Daneben gab es Händler für Oberbekleidung, Damen- und Herrenunterwäsche sowie Haushalts- und Kurzwaren. Hier versorgten sich Einheimische mit den Dingen des täglichen Bedarfs. Touristen schlenderten zwischen den Ständen entlang und blieben hier und dort stehen. In der Mitte des Platzes hatten die Zapiekankiverkäufer ihre Buden aufgeschlossen und vor Endzior standen schon wieder zehn Leute. Auf größtes Interesse stieß indes der kleine gegenüber dem Singer aufgebaute Trödelmarkt. Angeboten wurden alte und neue Ledertaschen, Schmuck und andere schöne Sachen, die man für gewöhnlich auf Basaren findet. En masse wurden hier auch alte deutsche Militärabzeichen, meistens mit Hakenkreuz, verkauft, deren Handel in Deutschland aus den bekannten Gründen untersagt ist.

Ich wollte mir zunächst einen Überblick über das Viertel verschaffen, von dem ich in der vergangenen Nacht außer dem Alhemia schließlich nur den Tanzclub und das Singer kennengelernt hatte.

Ich ging am Singer vorbei. Die Ulica Estery mündet in die Ulica Jozefa, die ich zunächst nach rechts abbog. Auf der linken Seite entdeckte ich eine Galerie. Zu meiner Überraschung erblickte ich K., der mir am vorigen Abend noch im Singer wegen seines roten im Piratenlook gebundenen Kopftuchs aufgefallen war und von dem ich zu jenem Zeitpunkt noch nicht gewusst hatte, dass er sich als Künstler betätigt. Die drei Hippie-Damen konnte ich nicht erspähen, stattdessen eine Reihe von Touristen, die seine Werke begutachteten. Ich hielt vor dem einen oder anderen

Laden an, überlegte, einen Kaffee zu nehmen, setzte dann aber doch meinen Rundgang fort. Schließlich kam ich auch an dem Tanzlokal vorbei. Draußen saßen längst wieder Gäste, die allerdings – jedenfalls zu diesem Zeitpunkt – mit Tanzen nichts im Sinn hatten. Sie vergnügten sich bei Piwo und Rippchen. Ich befand es bemerkenswert, welche Wandlung dieser Club zwischen Tag und Nacht vollzog. In modernen Theatern sind oft Drehbühnen installiert, so dass die Schauspieler ohne größere Umbauten und zeitliche Verzögerungen Tag- und Nachtszenen im Wechsel spielen können oder Sequenzen, die an unterschiedlichen Orten stattfinden. Heute Abend würden sie drinnen wieder – so hoffte ich jedenfalls – 70er, 80er, Myslovitz[6] und Lady Pank[7] auflegen. Nichts würde mehr an Laubenkolonieidylle und Grillparty erinnern.

Am Ende der Ulica Jozefa hielt ich mich links und kam dann auf Umwegen zur Ulica Szeroka, die eigentlich in genau entgegengesetzter Richtung liegt. Ich hatte mich einfach treiben lassen, war diesen und jenen Leuten

---

6 1992 in Polen gegründete Alternative Band.
7 1982 in Polen gegründete Rockband.

nachgegangen. Die Ulica Szeroka breitet sich zu einem Platz, zahlreiche, wahrscheinlich jüdische Gastronomen bieten koscheres Essen an, Klezmermusik ist mehr oder weniger laut zu hören. Ich bin über die vergangenen Jahre noch einige Male an diesem Platz essen gewesen und kann für den Morgen nach durchzechter Nacht Karpfen in Aspik wärmstens empfehlen. Danach geht es einem direkt besser, auch wenn man ansonsten kein Liebhaber von Fisch zu morgendlicher Stunde ist. Wegen der vielen Touristen an dieser platzähnlichen Straße und auch um die Nacht noch einmal vor meinem geistigen Auge abspielen zu lassen, versuchte ich den Weg zurück zum Plac Nowy zu finden.

Ich bestellte mir an der Bar im Singer einen Kaffee und setzte mich auf einen Stuhl vor dem Eingang. Von hier aus hatte ich eine gute Sicht auf den Platz, auf den gegenüberliegenden Flohmarkt und sah auch, wer in das Singer hineinging und herauskam.

Drinnen war schon wieder aufgeräumt, die Stühle standen alle an ihrem Platz, die Kerzen mittig auf den Tischen, der Teppich im Hauptraum mit der Theke war glatt gezogen,

Kaffeehausmusik, meist Jazz aus den 20ern passend zur Inneneinrichtung, spielte unaufdringlich. Im Hauptraum saßen zwei Pärchen. Das eine an dem großen Tisch links neben der Tür, hinter ihnen das Gemälde, das Stunden zuvor mehrfach herunterzufallen drohte, das andere Pärchen an einem Bistrotisch an der Rückseite des Raumes. An dem zweiten Bistrotisch saß eine Frau in den Enddreißigern und skizzierte mit Kohle auf einem Karton den Raum mit der Theke, unweit hiervon dem Klavier, das mir bisher gar nicht aufgefallen war, den Tischen, den schweren Vorhängen, den Kerzen auf den Tischen und den Wandleuchtern. An der Theke bediente der Mittzwanziger, der Stunden vorher noch ermüdet gewesen war, als ich das Bier geordert hatte. Jetzt schien er wieder neue Kräfte zu sammeln für den bevorstehenden Abend. Vielleicht machte er auch noch einmal Pause und kam erst später wieder.

Links neben mir saß ein Pärchen an einem Nähmaschinentisch. Dahinter waren mehrere Tische zusammengeschoben, zehn oder zwölf Personen hatten hieran Platz gefunden. Eine Frau, der Rest Männer.

Mein Blick ging zunächst zum Flohmarkt gegenüber. Hier waren zwei Reihen Stände aufgebaut. Die Standtische waren aus Holz, darüber war jeweils eine Konstruktion aus Wellblech gespannt. Die Standvorrichtungen waren ein dauerhaftes Konstrukt und wurden dann von den Händlern und Verkäufern mit entsprechenden Waren täglich bestückt. Neben den Touristen, die hier das ein oder andere Schnäppchen machen und zu Hause bei sich vielleicht beeindrucken wollten, kamen auch jüngere Krakauer an die Stände, um sich mode- oder schmucktechnisch beraten zu lassen oder um einfach ein Schwätzchen zu halten.

Den Händler, der vor allem Schmuckketten feilbot, meinte ich am Vorabend im Singer flüchtig gesehen zu haben. Ganz sicher war ich mir nicht, aber es war durchaus denkbar, dass die Menschen hier nicht nur lebten, sondern wie schließlich auch der schon erwähnte K. mit dem Piratentuch hier ihrer Arbeit nachgingen. Es waren überwiegend junge Damen, die sich für die Auslagen interessierten und sich beraten ließen. H., der Händler, war charmant im Umgang und schick, aber nicht übertrieben extravagant gekleidet und hob sich so ein wenig von dem Grau des Stadtteils ab. Wer selber stilsicher auftritt, von dem lässt sich Frau auch gerne in Sachen Schmuck beraten, und sei es nur, weil er so nette Komplimente macht. Profession und Amusement vermischten sich in diesem Stadtteil, in dem die Nacht auch nicht um fünf endete, sondern übergangslos im neu anbrechenden Tag aufging.

An dem Tisch mit der Gruppe wurde lebhaft diskutiert. Im Mittelpunkt stand offensichtlich M., der ein wenig aussah wie Cat Stevens in seinen frühen Jahren, als er noch nicht zum Islam konvertiert war und eine ganze Generation von weiblichen Teenies und Twens ihn anhimmelte. M. war hier der Matador, deshalb saß die einzige Braut an diesem Tisch auch an seiner Seite. Für das Bier war jeder selbst verantwortlich. Die Leute standen abwechselnd auf, um drinnen Nachschub zu holen. Ich verstand nicht recht, um was es ging, wurde die Unterhaltung doch im Wesentlichen auf Polnisch geführt. Von Zeit zu Zeit gesellten sich weitere Gäste an den Tisch, die, wenn sie nicht polnische Muttersprachler waren, in ihrer Landessprache begrüßt wurden. »Hi, you fucking irgendwas« oder »Hola camarero, que tal?«. Man gab sich hier international. Zugegebenerweise kamen am Plac Nowy in Kazimierz und zwangsläufig auch am Café Singer Menschen aus aller Herren Länder vorbei. Das war mitunter auch durch die Geschichte des Stadtteils bedingt, denn die Nachfahren der ehemaligen Bewohner Kazimierz' waren über die ganze Welt verstreut. Kazimierz kann man in gewisser Hinsicht mit dem Prenzlauer Berg vergleichen, der nach der Wende günstig ausreichend Platz für Kulturschaffende und Künstler bot mit Freiraum, das Leben neu und vor allem anders zu entwerfen. Schließlich verfügt auch der Prenzlauer Berg über eine reiche jüdische Geschichte, die jetzt langsam wiederentdeckt wird und mit der Gegenwart manchmal behutsam und manchmal weniger passend kombiniert wird. Andererseits verbietet sich ein Vergleich mit anderen Stadtvierteln irgendwo anders, denn Montmartre in Paris oder die Plaza dos de Mayo in Madrid sind doch ganz anders, auch wenn hie und da das Bier in Strömen fließt.

Zu der Gruppe stieß im Laufe des noch frühen Nachmittags Erin hinzu. Erin kam mit dem Fahrrad und war schmächtig, ein bisschen blass im Gesicht, schaute trotz seiner wahrscheinlich annähernd 40 Jahre immer noch ein wenig spitzbübisch daher. Sein dunkelgrüner Rollkragenpullover hatte wohl die besten Tage schon hinter sich und in Herzhöhe unübersehbar ein größeres Loch. Die Hose war beige und in einer Art Collegestil. Sie war ungekürzt und etwas zu lang. Zum Fahrradfahren hatte Erin die Hose auf der einen Seite ohnehin bis kurz unters Knie hochgekrempelt, das andere Bein war einfach umgeschlagen. Erin setzte sich nun zu der Gruppe, erzählte irgendetwas, fiel mir aber letztendlich dadurch auf, dass er mit kleinen Kunststücken die Gruppe unterhielt. Als Dank und Anerkennung für seine lyrischen Wortbeiträge und seine akrobatischen Einlagen erhielt Erin jedes Mal ein großes Bier.

Der Renner unter seinen Darbietungen war sicherlich die Stuhl-Fahrrad-Nummer. Erin bestieg mit dem ersten Schritt über die Vorderkante der Sitzfläche des Stuhles und mit einem weiteren Schritt über die Oberkante der Rückenlehne des Stuhles sein Fahrrad. Dabei klappte der zusammenlegbare Holzstuhl wie von selbst unter Erins Füßen mit einigem Geräusch zusammen und blieb dann auf dem Boden liegen, während Erin auf seinem Drahtesel zu sitzen kam. Erin stieg sodann vom Fahrrad wieder ab, auch um sich seinen flüssigen Preis abzuholen, und stellte den Stuhl wieder auf.

Erin wiederholte seine Nummer noch ein paarmal. Ich war jedes Mal von Neuem begeistert, auch wenn ich es vermied, allzu offensichtlich zu der Gruppe hinüberzuschielen. Ich wollte noch ein wenig für mich sein und die Atmosphäre des Platzes still genießen.

Auf der Straße vor dem Café beziehungsweise zwischen dem Café und dem Trödelmarkt kamen ständig Leute entlang, die meisten von ihnen sogar mehrfach. Viele von ihnen beobachteten das Café Singer mit seinen teils schrägen Gästen genauso intensiv wie ich umgekehrt sie. Man machte sich so gegenseitig ein Bild voneinander. Was sie tatsächlich dachten, wusste ich natürlich nicht. Ich zumindest stellte mir vor, warum der eine oder andere nach Kazimierz gekommen war, woher er kam, wohin er ging, ob er alleine oder in der Reisegruppe die Stadt besuchte, ob seine Vorfahren hier gewohnt hatten, ob er oder sie aus Übersee kam, er Franzose oder Russe war, verheiratet, geschieden oder schwul, reich oder arm, ob er den Seniorenlook trug, weil er keinen Geschmack hatte oder weil er aus Amerika kam.

Die Polinnen unter den Vorbeipromenierenden erkannte ich stets auf den ersten Blick. Ich fragte mich, warum sich die polnische Frau zumindest bis 30 oder bis zum ersten Kind so modisch kleidete. Im Gegensatz zu Deutschland, das ja, was den durchschnittlichen Modegeschmack betrifft, auch mehr mit Ohio im Mittleren Westen der USA gemein hat als mit Frankreich. Ich erinnerte mich an meinen ersten Besuch bei den polnischen Nachbarn, die damals noch keine Nachbarn waren, weil die Deutsche Demokratische Republik dazwischen war. Noch nicht volljährig und ohne den digitalen Zugriff auf die moderne Medienwelt hatte ich damals überhaupt keine Vorstellung von Polen und seinen Landsleuten, außer vielleicht dass sie faul waren, klauten und dort lebten, wo früher Deutsche gewohnt hatten. Natürlich wusste ich auch, dass die Polen nicht freiwillig nach Schlesien und Pommern gezogen, sondern ebenfalls aus ihrer Heimat vertrieben worden waren. Ich wusste, dass die Polen mit ihrem Polski Fiat nach Deutschland kamen und sie sich gegenseitig darin zu übertreffen versuchten, möglichst viele Personen und viel Gepäck im Innenraum und auf dem Dach unterzubringen.

Eigentlich wusste ich aber doch nichts vom Land und seinen Menschen. Das musste ich mir eingestehen, als ich die ersten Polen bei jenem Besuch persönlich kennenlernte. Es gab zu jener Zeit noch den Eisernen Vorhang und wenn auch der Kalte Krieg der sogenannten Entspannungspolitik gewichen war, waren persönliche Begegnungen von einigen Ausnahmen abgesehen doch eher der Sonderfall und fast eine Begegnung der besonderen Art. Im Grunde genommen war Polen genauso weit von der Bundesrepublik entfernt wie Timbuktu, weil die Grenze Ost und West trennte wie Gitterstäbe den Gefangenen von der Freiheit.

Ich lernte im Rahmen der Jahrgangsstufenfahrt junge und ältere Polen und Polinnen kennen, und keiner schickte sich an, eines der gehörten oder gepflegten Vorurteile, von denen ich ja nicht wusste, ob sie wahr waren oder falsch, zu erfüllen. Das Gegenteil war der Fall. Wir wurden beschenkt und zum Tee oder Kuchen eingeladen. Das hatte ich nicht erwartet. Ganz und gar nicht erwartet hatte ich die Schönheit der polnischen Frauen. Vielleicht war ich in dieser Hinsicht auch einfach zu unbelesen.

Gleich am zweiten Tag unserer Reise trafen wir mit einer polnischen Schulklasse zusammen. Es war wahrscheinlich eine gemischte Klasse, erinnern kann ich mich nur an die Mädchen. Ich suchte das Gespräch mit Ewa, die mit ihrem schwarzen Haar und ihrer vornehmen Blässe etwas Schneewittchenhaftes ausstrahlte. Ihren wohlproportionierten Körper hatte sie brav in eine weiße Bluse und einen schwarzen Rock gesteckt, dazu trug sie eine schwarze Strumpfhose und schwarze Schnürschuhe. Etwas Rebellisches und zugleich auch Praktisches im sozialistischen Alltag hatte ihre Lederjacke. Ich sah das jedenfalls so. Mit Ewa verbrachte ich einige Nachmittage und auch einen Abend. Der angenehm natürliche Geruch ihrer Lederjacke mit einem Hauch von verbranntem Tabak, wie man ihn unterwegs in Bussen und Straßenbahnen im kalt regnerischen November überall in Polen wahrnahm, ist seitdem fest im Geruchszentrum meines Gehirns verortet. Ich finde den Geruch auch heute noch verführend, wahrscheinlich, weil ich ihn mit der Erinnerung an Ewa verbinde. Den Kontakt habe ich später nicht wiederaufgenommen, als der Stacheldrahtzaun zwischen den Systemen niedergerissen war.

All das ging mir in der vorstellungsfreien Zeit durch den Kopf und ich stellte mir all jene Fragen, auf die ich keine Antwort fand oder auch nicht wirklich finden wollte. Ich war zufrieden mit mir und der Welt, wie man es im Allgemeinen empfindet nach einer glücklich durchfeierten Nacht, wenn der Körper noch in geringen Mengen Endorphine ausschüttet oder der Restalkohol das Trancegefühl noch ein wenig andauern lässt. Ich hatte inzwischen beschlossen, vom Kaffee wieder auf Bier umzusteigen. Bis zum Abend war noch

Zeit, und ich wollte noch nicht aufwachen. Die Blase, in der ich mit meinen Gedanken träumte, sollte noch nicht platzen.

Erin hatte mittlerweile sein drittes Bier. Ich war jetzt auch etwas entspannter und schaute mir seinen Trick nun genauer an. Natürlich war es an sich schon bemerkenswert, dass Erin mit zunehmendem Alkoholpegel bei seiner akrobatischen Nummer nicht stolperte und hinfiel und stattdessen unfallfrei auf dem Fahrrad landete. Beeindruckender war es allerdings, dass er den Stuhl auch noch mit seinen Füßen zusammenklappte. Das ging in etwa so[8]: Erin stieg mit dem linken Fuß auf die Vorderkante des Stuhles, in einem nächsten Schritt mit dem rechten Fuß auf die obere Kante der Rücklehne. Während nun der rechte Fuß auf der oberen Kante der Sitzlehne stand, setzte Erin den linken Fuß etwas zurück und damit freischwebend vor die Sitzfläche des Stuhles. Dann – die ausführliche Beschreibung mag nicht darüber hinwegtäuschen, dass die einzelnen Teilbewegungen in der Realität nur Bruchteile von

---

8 Anmerkung des Verfassers: Die Beschreibung erfolgt nach bestem Wissen und Gewissen, aber ohne Gewähr auf Vollständigkeit; Nachahmer handeln auf eigene Gefahr.

Sekunden dauern und mitunter gleichzeitig, aber nie in verkehrter Reihenfolge ablaufen – zog Erin den Fuß wieder an, so dass die Zehenspitzen des (linken) Fußes von vorne gegen die Unterseite der Sitzfläche drückten, wie man es normalerweise beim Zusammenklappen eines Stuhles mit einer Hand macht, während die andere Hand die Rückenlehne von hinten nach vorne drückt. Erin zog nun mit dem linken Fuß die Sitzfläche nach oben, bis ungefähr zum Scheitelpunkt, führte den Fuß dann über die Rückenlehne des Stuhles und die Mittelstange des dahinter aufgebauten Fahrrads hinweg (während der rechte Fuß noch dort stand) und nahm schließlich auf dem Sattel schwungvoll Platz.[9]

Die Atmosphäre vor dem Café mit Blick auf den Plac Nowy, genauer den Trödelmarkt, erinnerte mich an die Szene auf dem Marktplatz in Posen. Mein Freund B. und ich waren hier Zeugen des bereits kurz erwähnten Vorfalls mit der Wasserpistole geworden, in

---

9 Der rechte Fuß samt Bein blieb selbsterklärend nicht auf der Rückenlehne stehen, sondern wurde schlussendlich auch nachgezogen. Der Übersichtlichkeit halber wird auf eine noch detailliertere Beschreibung an dieser Stelle im Interesse des Lesers verzichtet.

dessen Verlauf die staatliche Ordnungsmacht rigoros eingegriffen hatte. Nach dem Rückmarsch der Polizei hatten wir dem zeitweiligen Waffenbesitzer ein Bier spendiert als Dank für den respektablen Auftritt. Die Szene hatte ganz zweifelsohne alle Zutaten, die man für ein gelungenes Lustspiel auf einer Volkstheaterbühne in der Provinz braucht. Eine vermeintlich harmlose Situation entwickelt sich aufgrund von Missverständnissen zu einer Beinahekatastrophe, die erst in letzter Sekunde dank eines plötzlichen Geistesblitzes eines der Beteiligten abgewendet werden kann. Die Handlung auf dem Marktplatz hatte ganz harmlos damit begonnen, dass ein kleiner Junge mit Cowboyhut und Wasserpistole den Platz betrat. Offensichtlich hatte sich der kleine Junge von seinen Eltern entfernt oder diese hatten nicht genügend Acht auf ihn gegeben. Einer aus der Punkgruppe, nennen wir ihn P., der später wegen unerlaubten Waffenbesitzes Festgenommene, stand auf und ging auf den Jungen zu, um mit ihm zu spielen. Die an sich nicht verwerfliche freundliche Geste des P. mag dem Umstand geschuldet gewesen sein, dass P. schon sein viertes Bier getrunken hatte, oder war einfach Ausdruck seiner Kinderfreundlichkeit. Vielleicht auch eine Kombination von beidem. P. bat den Jungen nun um die Pistole, die dieser ihm freiwillig gab. P. schoss daraufhin mit der ungefüllten Wasserpistole auf den Jungen, der in Deckung ging, um nicht von den imaginären Kugeln getroffen zu werden. Das Feuergefecht dauerte eine knappe Viertelstunde. Es war unsererseits nicht eindeutig festzustellen, ob P. wegen seines Alkoholpegels sein Ziel nicht traf oder der Junge stets so gut auswich, dass er von den imaginären Geschossen nicht getroffen wurde. Schließlich kam die Polizei und nahm P., wie vorher bereits geschildert wurde, vorübergehend fest.

Nachdem wir dem P. nun ein Bier spendiert hatten, wurden B. und ich an den Tisch der Punkgruppe eingeladen. Wir kamen der Einladung nach. Wir verließen damit unsere Zuschauerposition und traten auf die Bühne und in die Handlung, wenn auch letztendlich nur in den Epilog, ein. Genauso wie damals mit B. in Posen hätte ich womöglich auch jetzt vor dem Singer meine Zuschauerposition in die eines Handelnden oder zumindest in die eines Statisten eintauschen können und wäre Teil der unterhaltsamen Truppe um M. und Erin geworden.

Ich beschloss, zu unserer Unterkunft zurückzukehren, zumal nicht auszuschließen war, dass der Abend wieder strapaziös lang werden würde.

7

A hatte sich am frühen Nachmittag in die Innenstadt begeben und dort in . einem Lokal mit traditioneller polnischer Küche einige typische Gerichte zu sich genommen. Die Frühstückszeiten in unserem Hostel hatte A. an diesem Morgen auch bei großzügiger Handhabung des Zeitkorridors durch die Wirtsleute nicht einhalten können und war infolgedessen mit knurrendem Magen aufgebrochen.

In einem Hinterhof der Ulica Florianska bestellte sich A. zunächst Borschtsch und dann eine Portion Bigos. Während Borschtsch in Deutschland hinlänglich verbreitet ist und auch in der gehobenen Gastronomie als delikate Vorspeise gereicht wird, ist das polnische Nationalgericht Bigos weitgehend unbekannt geblieben. Bigos ist ein Eintopf, dessen Hauptzutaten Schweinefleisch, Krakauer (Wurst) und Sauerkraut sind. Die Konsistenz ist ziemlich fest, weil der Eintopf mehrfach aufgekocht wird. Wer nicht gerade Vegetarier ist oder Krautverächter, dem sei Bigos wärmstens empfohlen. Vitamin- und ballaststoffreich, ist Bigos mithin ein Vollwertgericht mit Tradition. Nichts für Hungerhaken, aber jede hübsche Polin ist mit Bigos groß und schön geworden.

Verfeinert wird Bigos mit einer anständigen Portion Steinpilze, frisch oder getrocknet. Das Nationalgericht mit seinen erlesenen Zutaten ist Ausdruck der Bodenständigkeit und Naturliebe der Polen und Polinnen. Wenn Amerika und der Westen im Allgemeinen auch in mancherlei Hinsicht Vorbild und Orientierungshilfe für das osteuropäische Land sind, beim Essen und Trinken bleiben die Polen sich und ihrer Tradition treu.

8

Gegen sieben Uhr brachen A. und ich Richtung Kazimierz auf. Der Tag war angenehm warm, aber nicht heiß gewesen. Der Himmel hatte sich am beginnenden Abend etwas zugezogen, Regen war nicht zu erwarten. Ich hatte ein frisches Hemd angezogen – das vom Tag war ein bisschen eingestaubt – und einen Sweater über die Schultern geworfen. Mit Sakko wären wir angemessen schick gewesen, aber in dem Tanzclub, den wir wieder besuchen wollten, konnte man das Sakko ohnehin nicht gebrauchen und hinterher im Singer hätte es wahrscheinlich sogar gestört. Polen machen sich abends zum Ausgehen regelmäßig sehr fein. Besonders die Damen. Aber auch der Herr poliert seine Schuhe, auch wenn sie dann schnell wieder einstauben. Turnschuhe sind nicht verboten, wirken allerdings stets etwas stillos. Touristen kann man immer an ihrem Schuhwerk erkennen. Und daran wiederum manchmal auch die Nationalität.

Als wir am Plac Nowy ankamen, hätte ich mich gerne sofort bei Endziors Zapiekankistand angestellt. Ich hatte seit dem Frühstück nichts mehr gegessen, wenn man die kleinen zum Cappuccino servierten Kekse nicht mitzählt. A. fühlte sich wegen seiner kulinarischen Sause am Nachmittag für eine Weile noch sehr satt, weswegen wir erst einmal beim Alhemia hielten. Die Tische vor dem Lokal waren alle besetzt. Lediglich ein klapprig wirkender Stuhl stand etwas verloren zwischen zwei Tischen. Wir warteten ein paar Minuten vor dem weit aufgesperrten Haupteingang, dass sich die Sitzplatzsituation leicht entspannen würde. Vergeblich. In der Zwischenzeit waren auch fast alle Sitzgelegenheiten im Lokal belegt worden und natürlich auch die Plätze an den geöffneten Fenstertüren, die zum Bürgersteig hinführten. Wir besprachen kurz die Lage. Bei dem Sitzplatzangebot war keine Entspannung zu erwarten, zumal mehr und mehr Personen in das Alhemia hineindrängten und die Warteschlange vor der Theke mittlerweile bis auf die Straße reichte. Wir vereinbarten, dass A. Bier holen sollte, während ich mich um Stühle kümmern wollte.

Ich betrachtete aus einiger Entfernung den wackligen Stuhl und trat dann unauffällig etwas näher heran. An einem der beiden Nachbartische saßen zwei Polinnen, blond und brünett. An dem anderen zwei Amerikaner. Jedenfalls sprachen sie so, als ob sie welche wären. Ich hätte jetzt natürlich die beiden Amerikaner nach dem Stuhl fragen können. Das wäre sprachlich mit keinerlei Komplikationen verbunden gewesen, andererseits aber – und aus einem eher ganzheitlichen Ansatz heraus – natürlich überhaupt nicht zielführend. Die Amerikaner waren vermutlich schon beim dritten Bier und unternahmen offensichtlich auch keine nachhaltig wirksamen Versuche, mit der einheimischen Bevölkerung in Kontakt zu treten. Immerhin – so dachte ich – war es eine anerkennenswerte Leistung, dass sie die weite Reise über den großen Teich gemacht hatten und sich das alte Europa anschauten. Sie hatten wahrscheinlich ihre zwei Wochen Jahresurlaub geopfert und die alljährliche Floridareise ausfallen lassen. Zudem stand der Eurokurs für sie recht ungünstig. Und allein das zeugte schon von einem edlen Charakterzug; Geld und Reichtum waren für diese beiden Amerikaner nicht Maß aller Dinge. Vielleicht hatten sie Verwandte in Krakau oder Familie hier gehabt. Und womöglich waren ihre Gründe, nach Krakau zu kommen, weit ehrenhafter und anständiger als unsere. Ich versuchte den Gedanken nicht weiter zu vertiefen. Es ging hier und in diesem Augenblick weder um das deutsch-amerikanische Verhältnis noch um die Infragestellung der amerikanischen Position als Weltmacht. Auch der amerikanische Kulturimperialismus, der Eroberungsfeldzug von Coca-Cola und McDonald's standen hier nicht im Entferntesten zur Debatte. Es ging jetzt und hier einzig und allein darum, sich den – wenn auch nicht besonders stabil wirkenden – Bistrostuhl zu sichern. Und vielleicht auch um die beiden Polinnen am Nachbartisch.

Diese hatten mich mittlerweile bemerkt. Immerhin stand ich fast direkt vor ihnen, wenn auch in höflichem Abstand. Ich drehte meinen Kopf langsam nach hinten über die Schulter, um zu sehen, ob der Stuhl immer noch an seinem Platz stand und aus verständlichen Gründen hoffentlich unbesetzt geblieben war. Gut möglich, dass andere Gäste schneller gewesen waren als ich, weil sie den Stuhl oder die beiden attraktiven Damen sofort ins Visier genommen hatten, anstatt sich wie ich in einer weltpolitischen Endlosschleife zu verlieren.

Der Stuhl stand unverrückt an seinem Ort. Ich sah vorsichtig zu den beiden Polinnen hinüber, und irgendwie schauten sie auch mich an. Nun drehte ich mich ganz zu ihnen und zu dem Stuhl, dem Objekt meiner Begierde, um. Mit einem »Przepraszam, panstwo pozwoli że«, was so viel heißt wie: Entschuldigung, erlauben die Herrschaften, dass ... Der Satz endete offen gestanden im Nirwana, denn ich wusste nicht, wie ich ihn grammatikalisch einwandfrei zu Ende bringen sollte. Das war aber auch gar nicht so wichtig. Der Anfang des unvollendeten Satzes war von bestem Polnisch, wenn möglicherweise auch ein wenig steif und althergebracht. Meine Aussprache war fehlerfrei, einen Nicht-Muttersprachler-Bonus großzügigerweise mildernd eingerechnet.

An dieser Stelle sei ein kleiner Exkurs erlaubt: Die polnische Sprache gehört zu den fünf, andere sagen sieben, schwierigsten Sprachen auf unserem Planeten. Das fängt bei der Aussprache unüberhörbar an und hört bei der Grammatik noch längst nicht auf. Für die meisten Westeuropäer reihen sich im Polnischen jede Menge Zischlaute aneinander, die durch andere Konsonanten mehr getrennt als miteinander verbunden werden. Das ist richtig und doch auch falsch. Nicht jede Abfolge von Konsonanten muss auch Buchstabe für Buchstabe gesprochen werden. Im Deutschen geschieht das im Übrigen auch nicht. Dies lässt sich sehr gut am Wort *Przepraszam* illustrieren. *P* wird wie *P* ausgesprochen, *rz* wie im Deutschen *sch*, damit ergibt sich die erste Silbe *Psche-*, dann *-pra-* und schließlich *-scham*, denn *sz* wird auch wie *sch* ausgesprochen, wenngleich es sich bei näherem Hinsehen um ein anderes *sch* handelt als das zuvor genannte der polnischen Buchstabenkombination von *rz*. Die Schwierigkeit entsteht für den Ausländer erst dann, wenn er die Silben aneinanderreihen muss, und zwar so, dass für den Zuhörer erkennbar wird, dass es sich um ein Wort handelt. Ein Bekannter von mir, T., berichtete mir einmal von seinem

Sprachaufenthalt in Polen. T. hatte einen Anfängerkurs mit Teilnehmern aus verschiedenen europäischen Ländern besucht, unter anderem I. aus Italien. I. brauchte am Anfang der Woche ungelogen eine knappe Minute, um das Wort Przepraszam hervorzubringen, am Freitag hatte I. bis auf sieben Sekunden beschleunigt. I. presste nach den Schilderungen von T. die Lippen zu Beginn des Wortes sehr stark zusammen, weshalb es allein fünf Sekunden dauerte, bis das P heraus war. Nach dem P bremste I. wieder ab, weil er merkte, dass er zu viel Druck auf die Lippen ausübte. Das lässt sich gut mit den ersten Fahrstunden vergleichen, wenn man lernt, die Kupplung langsam kommen zu lassen und das Gaspedal sachte zu treten. Oft wird das Gaspedal zu stark getreten, während gleichzeitig noch die Kupplung durchgedrückt ist. Der Motor braust auf. Oder wird abgewürgt, weil das Gaspedal zu wenig getreten wird, die Kupplung hingegen schon losgelassen wird. So ungefähr fühlte sich I. zwischen den beiden Silbenteilen P- und dem -sche-.

Wenn man es einmal raushat, ist es hingegen ganz einfach. Das gilt für Kupplung und

Gaspedal genauso wie für die Aussprache des polnischen Wortes Przepraszam. Nach dem Psche-, der ersten Silbe des Wortes, musste sich nun I. kurz erholen wie eben der Fahranfänger, der sich darüber wundert, dass er den Wagen trotz größten Bemühens und gleich großer physischer und psychischer Anstrengung abgewürgt hat. Dann folgt ein Moment der Konzentration und Besinnung, in dem der angehende Automobilist Kraft sammelt zum erneuten Starten des Motors oder hier, in unserem Fall, der Sprachdebütant zum Aussprechen der nächsten Silbe. Die ist in diesem Fall ganz einfach, aber die Verunsicherung sitzt beim Fahranfänger wie beim Sprachstudenten tief, und man tut sich mit dem nächsten Schritt ungemein und unnötig übertrieben schwer. Das -scham am Schluss wirkt wie eine Befreiung und fühlt sich für den Polnischanfänger ungefähr so an wie die ersten zehn ohne Abwürgen des Motors gefahrenen Meter für den Fahrschüler.

Mit dem »Przeprascham, panstwo poswoli, że ...« war das Eis gebrochen, die beiden Polinnen fühlten sich geschmeichelt. Deutsche unternehmen heute wie vor 70 Jahren, als

Adolf H. und seine kriegslüsternen Kämpen über das Land im Osten und seine Bewohner herfielen, vergleichsweise wenige Anstrengungen, die Sprache der Nachbarn zu lernen. Das ist schlecht für die bilateralen Beziehungen zwischen unseren beiden Staaten und für den Aufbau freundschaftlicher Bindungen zwischen polnischen und deutschen Bürgern erst recht. Wer sich aber nun die Mühe macht und ein paar Brocken Polnisch lernt, der wird von den Polen überaus herzlich aufgenommen. Ich denke manchmal, dass mir bei meinen Polenaufenthalten die gesammelte Freundlichkeit meiner neuen polnischen Bekanntschaften zuteilwird, die sich, wenn mehr Deutsche nach Polen führen, auf ein paar dutzend Deutsche verteilen müsste. Am Ende wäre dann für jeden einzelnen Deutschen vielleicht nur noch wenig Freundlichkeit übrig, so viel wie in Frankreich oder für Angela Merkel, wenn sie auf dem Höhepunkt der Eurokrise und vor dem Hintergrund wiederholter Sparappelle an die Hellenen nach Griechenland reist.

Weil die beiden Polinnen natürlich gemerkt hatten, dass ich trotz des einwandfrei in polnischer Sprache vorgetragenen Halbsatzes kein Muttersprachler war, fragte mich Agnieszka, die Brünette, in Englisch sofort, wo ich herkomme. Ich sagte, dass wir aus Frankfurt am Main sind. Ich sagte, dass ich Erik heiße, und fragte nach ihren Namen. Selbstverständlich fragte ich auf Polnisch. »Nazywam się Erik. A te? Yak masz na imie?« Tanja, die mit den schulterlangen naturblonden Haaren, war begeistert und sagte in akzentfreiem Deutsch: »Ich heiße Tanja, und das ist meine Freundin Agnieszka.«

Ich hatte den wackeligen Stuhl mittlerweile zu mir herübergezogen und vorsichtig darauf Platz genommen. Agnieszka arbeitete als Ärztin in einem Krankenhaus, Tanja unterrichtete als Physiotherapeutin an einer Fachhochschule. A. war zwischenzeitlich auch mit dem Bier zurückgekommen. Ich stellte ihn vor. Da die beiden Amerikaner gegangen waren, nahmen wir ihre Stühle. Ich tauschte meinen gerne gegen einen stabileren ein. Tanja erzählte, dass sie früher oft gedacht hatte, sie würde nach ihrer Ausbildung nach Deutschland gehen, um dort zu arbeiten. Aber jetzt wäre sie seit zwei Monaten verheiratet. Ihr

Mann, so erfuhr ich auf Nachfrage, wäre praktizierender Philosoph und gegenwärtig auf einer mehrwöchigen Reise an der Universität von Corte auf Korsika und anderswo auf der Insel zu Studien- und Forschungszwecken unterwegs. In Tanjas Augen meinte ich eine gewisse Gleichgültigkeit gesehen zu haben, als sie von der Dienstreise ihres Mannes erzählte. Ich wollte das Thema in diesem Moment nicht weiter vertiefen und fragte lieber interessiert nach ihrem Beruf. Wir unterhielten uns auf Deutsch. Tanjas Deutsch war wirklich perfekt. Fast zu perfekt, um noch als Polin wahrgenommen zu werden. Ich fand es schade, dass sie nicht diesen niedlichen polnischen Akzent hatte. A. unterhielt sich mit Agnieszka derweil auf Englisch. Manchmal wechselten wir auch alle ins Englische. A. hatte in den Staaten zwei Semester studiert. In gewisser Weise bestimmten die individuellen Sprachpräferenzen die beiden Gesprächspaarungen.

Ich erzählte Tanja, wie ich in Hannover angefangen hatte Polnisch zu lernen. Von der bunt zusammengewürfelten Gurkentruppe der Kursteilnehmer. Von der schönen Estin

Justyna, die für ihren angabegemäß prolligen Mann, der Pole war, dessen Sprache lernen wollte und gerne für ihn kochte, vor allem Wild. Von Peter, der seit 15 Jahren mit einer polnischen Frau verheiratet war und noch nie ihre Familie in ihrer Heimat besucht hatte, das aber nun nachholen wollte. Von den beiden Freundinnen Denise und Stefanie, von denen Letztere gleich mit Vollendung ihres 18. Lebensjahrs ihren polnischen Freund geheiratet hatte und seitdem von ihm schwanger werden wollte. Von Stefanies ganzer Familie und insbesondere der ihres Mannes Piotr, die Stefanie den übrigen Teilnehmern schon in der ersten Stunde bis ins kleinste Detail mit allen ihren originären und angeheirateten Verzweigungen vorstellte. Von den fünf Neffen und sieben Nichten Piotrs, die Stefanie alle mit ihren mindestens zwei Vornamen kannte und die sie bis zur eigenen ersehnten und glücklichen ersten Niederkunft mit täglich wechselnden Neuigkeiten auf der gemeinsamen Homepage von ihr und Piotr darstellte.[10] Dann von meinem Bekannten B.

---

10 Nachrichtlich stellte Stefanie nach der Geburt ihres dritten Kindes die Pflege der Homepage aus nachvollziehbaren Gründen gänzlich ein.

und dem noch nicht erwähnten H., mit denen zusammen ich eine Lerngruppe bildete. Von B.s Jagdtrieben, denen er im niedersächsischen Staatsforst mit Hut und Gewehr nachging und für die wir uns alle im Kurs wünschten, dass sie mit Justynas Kochkünsten alsbald zu einer perfekten Symbiose zusammenfinden würden (wozu es aber während des Kursverlaufes meines Wissens nicht gekommen ist). Und schließlich von unserer Lehrerin Pani Kasia, die zu jeder Kursstunde mit wechselnden pastell- oder neonfarbenen Kostümen aufwartete, die die gleiche Farbe wie die Schuhe hatten und einen Kontrastpunkt setzten zu der Strumpfhose, die stets farblich auf die Handtasche abgestimmt war.

Meine beiden Mitstreiter H. und B., mit denen ich zu dieser Zeit einen regen intellektuellen und alkoholischen Austausch pflegte, und ich waren uns hinsichtlich der Beurteilung des Kurses einig, dass er mehr der Unterhaltung als dem Erwerb der polnischen Sprache diente. Insbesondere die Fähigkeit der Dozentin, grammatikalische Zusammenhänge und Feinheiten zu erklären, schien uns bis zur Unkenntlichkeit verkümmert zu sein.

Höflicher ausgedrückt, kämpften wir drei mit mindestens erheblichen Schwierigkeiten, die Sprachvermittlungskompetenz von Pani Kasia wahrzunehmen. Erst im Nachhinein erkannten wir den Wert dieser Fortbildungsveranstaltung und die wirkliche Bedeutung von Pani Kasias zu dieser Zeit für uns oft nicht nachvollziehbaren unverständlichen Ausführungen. Pani Kasia schärfte uns immer und immer wieder eine halbwegs korrekte Aussprache des Polnischen ein. Wir gaben auf, ihren grammatikalischen Erklärungen zu folgen, wiederholten aber beinahe bis zum Brechen unserer Zungen einzelne von ihr vorgetragene Wörter und Sätze.

Bei dem späteren Zusammenschluss mit einem zunächst parallel zu unserer Veranstaltung angebotenen Kurs zeigte sich, dass die Teilnehmer des Parallelkurses im Lehrbuch ungefähr dreimal so weit fortgeschritten waren wie wir und natürlich auch ungleich mehr Vokabular kennengelernt hatten, aber vollends unfähig waren, die erlernten Wörter auch nur einigermaßen so auszusprechen, dass ein Muttersprachler oder eben wir sie verstanden hätten. Bei den Teilnehmern des

Parallelkurses fehlte jegliches Verständnis dafür, dass sich polnische Buchstabenkombinationen grundlegend anders aussprechen als Buchstabenkonglomerate im Deutschen. Ohne unseren anderen Nachbarn, den Franzosen, zu nahe zu treten, mag die Kenntnis ihrer oft ganz französischen Aussprache des Englischen eine ungefähre Vorstellung davon geben, wie nun die Teilnehmer aus dem Parallelkurs die polnischen Wörter bis zur Unkenntlichkeit eindeutschten. Letztendlich schien es gut möglich, dass Pani Kasia die Verwirrung um die polnische Grammatik absichtlich gestiftet hatte, um unsere volle Konzentration auf die korrekte Aussprache zu lenken.

Nachdem Pani Kasia nun unsere Leidenschaft für die polnische Sprache und für eine saubere Artikulation derselben entfacht hatte, trafen B., H. und ich uns sogar einmal wöchentlich zusätzlich zum Unterricht, um insbesondere die Dialoge mit wechselnden Rollen einzustudieren und uns so die Unterrichtsinhalte nachhaltig einzuprägen. Ich erinnere mich an den Dialog »W kiosku«, was so viel heißt wie »Am Kiosk«. Im Originaldialog ging es darum, dass jemand an den (polnischen) Kiosk kam und eine Fahrkarte für die Straßenbahn verlangte und Briefmarken für zwei Postkarten. Wir füllten den Dialog mit weiteren Fragen auf und strickten eine Gesamthandlung, in die wir den ursprünglich recht mageren Originaldialog einbetteten. Den größten Teil der neuen Handlung nahmen die Vorbereitungen sowie der Aufbau des Bühnenbildes ein. Wir trafen uns bei H. Die Tür der Altbauwohnung von H. verfügte über ein aufklappbares Sichtfenster, das sich vorzüglich als Kioskfenster eignete. B. musste nun in einer ersten Runde den Kunden spielen und damit gleich am Anfang ins Treppenhaus, während H. und ich im Wohnungsflur den Kiosk einrichteten.

Wir schoben einen Tisch hinter die Tür und stellten hierauf wiederum ein Fußbänkchen. Dessen Trittfläche endete auf etwa gleicher Höhe wie das aufklappbare Sichtfenster. Auf dem Trittbänkchen platzierten wir am äußersten seitlichen und hinteren Rand zunächst einmal kleine Spirituosenfläschchen mit Jägermeister, Feigling, Jim Beam und Wodka, denn diese Produkte waren unserer Beobachtung nach für viele Büdchen die Hauptumsatztreiber. In die Mitte des Bänkchens – und besser von außen für den potenziellen Kunden sichtbar – stellten wir eine Plastikdose mit Weingummi und Lakritz. In das Sichtfenster klebten wir eine Postkarte. Briefmarken hatten wir keine, und Fahrkarten auch nicht. B. klopfte nun von außen an das Fenster. H. und ich schoben auf dem Tisch das Trittbänkchen behutsam etwas zur Seite, damit wir das Fenster öffnen konnten, ohne dass die Fläschchen umfielen. H. sprach den Titel des Dialoges »W kiosku« und sagte jeweils die verschiedenen Sprecher an. Die Sprecheranzahl war mit zwei Personen überschaubar. B. spielte den Kunden, meine Wenigkeit den Kioskbesitzer. B. fragte nun, wie es im Originaldialog vorgesehen war, nach den Fahrkarten. Ich sagte, dass es keine Fahrkarten gab. B. verlangte sodann nach den Briefmarken. Ich bedauerte. Es gab auch keine Briefmarken. Ich schob jetzt zusammen mit H., der zusätzlich zur Sprecheransage die Rolle des Bühnenassistenten übernommen hatte, das Fußbänkchen mit den Weingummis, Lakritz und Spirituosenfläschchen in die Mitte des Sichtfensters und fragte B., ob er denn nicht statt der Fahrkarten und der Briefmarken Lakritz und Jägermeister kaufen wollte. Weil B. am Ende des ursprünglich geplanten Dialoges nach dem Preis fragen musste und bezahlen sollte, damit wir auch noch die Episode mit dem Wechselgeld spielen konnten, sagte B. nun, dass er Lakritz und Jägermeister kaufen wollte. Sonst wäre der Dialog wegen der fehlenden Fahrkarten und der nicht vorrätigen Briefmarken wegen des damit hinfälligen Geschäftsabschlusses bereits an dieser Stelle beendet gewesen und der umfangreiche Bühnenaufbau umsonst. Ich gab B. den Jägermeister, und B. fragte nach dem Preis. B. gab mir zehn Złoty. Der Jägermeister kostete nur fünf Złoty. Dann kaufte B. noch zwei Lakritzschnecken für zusammen einen Złoty. Ich gab B. das Rückgeld. B. bedankte sich, und wir verabschiedeten uns. Ich schob das Fußbänkchen wieder mit Hilfe des Bühnenassistenten H. zur Seite und schloss das Sichtfenster. Während B. draußen seinen Jägermeister trank, räumten H. und ich den Tisch wieder zur Seite, damit B. wieder in die Wohnung kommen und wir die Rollen wechseln konnten.

Von alldem erzählte ich Tanja, allerdings weniger ausführlich und eher in homöopathischen Dosen. Der Abend hatte vielversprechend angefangen. Für Tanja und Agnieszka waren wir eine Mischung aus unterhaltsamen Partygängern und kosmopolitisch angehauchten Bildungs- und Kulturreisenden. Diesen Eindruck versuchten wir jedenfalls zu vermitteln.

Ich fragte Tanja dies und jenes, wo sie so gut Deutsch sprechen gelernt hatte, wie oft sie schon Deutschland besucht und welche Städte sie gesehen hatte. Sie berichtete von ihren Verwandten in Essen, von ihrer Arbeit als Erdbeerpflückerin im Sommer 2003 und 2004 auf den großen Plantagen in Niedersachsen. Sie sprach von ihrem Studium, von ihren früheren Plänen in Deutschland als Physiotherapeutin zu arbeiten und schließlich von der wirtschaftlich stabilen Entwicklung in Polen während der vergangenen Jahre, die es ihr erlaubte, in ihrer Heimat zu bleiben und sich hier eine Zukunft aufzubauen. Und mit einem Augenzwinkern wiederholte sie, dass sie seit Kurzem eben auch in Polen verheiratet war.

Tanja erzählte, dass sie in ihrer Jugend Klavierunterricht bekommen hatte und zum Ballett gegangen war. Sie berichtete, dass sie mit der Familie und später auch als Studentin ins Riesengebirge gefahren und in der Hohen Tatra gewandert war. Sie sagte, dass sie schon einmal in Frankreich gewesen war. Dass sie gerne noch einmal hinfahren würde, dass sie die Lebensart dort schätzen würde mit Croissants am Morgen, Café au Lait am Mittag, Käse und Wein am Abend. Und sie bedauerte ein wenig, dass sie nur ein paar Wörter Französisch wusste. Wir fanden eine Reihe von Themen, die uns beide gleichsam begeisterten und die wir nur deshalb verließen, weil sich wie von selbst ein neuer Themenkreis auftat, in dem wir, ohne es zu merken, munter weiterdiskutierten.

Wir nahmen alle zusammen ein weiteres Żywiec und blickten nun auf die Mitte des Marktplatzes zu Endziors Zapiekankistand. In einer ungeordneten Reihe wartete dort bereits etwa ein Dutzend vor allem jüngere Personen auf ihre Bestellung oder darauf, diese abzugeben. A. wunderte sich über die wachsende Warteschlange und stellte ganz unkonventionell die Frage nach dem Warum. Außer Endzior gab es schließlich noch sechs weitere Zapiekankistände und zwei Wurstbräter auf dem Platz sowie zwei Imbissläden mit Thaifood, die in die Ladenlokale zwischen den weniger frequentierten Kneipen an den Seitenrändern des Platzes eingezogen waren. Agnieszka und Tanja begannen zu erzählen.

Bei Endzior gäbe es die besten Zapiekanki der ganzen Stadt, das Umland mit eingerechnet. Zapiekanki waren mit diversen Zutaten belegte, geröstete ganze oder geteilte Baguettehälften, die sich auch anderswo in der Stadt, aber vornehmlich hier in Kazimierz besonderer Beliebtheit erfreuten. Später traf ich einmal zusammen mit T. zwei polnische Molekularwissenschaftler aus Danzig, die in Krakau an einer Tagung teilgenommen hatten und die sich danach für die lange Rückreise mit Endziors Zapiekanki eindeckten und zusätzlich noch einige ungeröstete Zapiekanki für die Frauen zu Hause an der Ostsee mitnahmen. Das mag etwas übertrieben klingen. Man mag einwenden, dass Molekularbiologen per se wahrscheinlich nicht die besten Köche sind und die sie ertragenden Frauen vielleicht noch weniger. Aber Endziors Zapiekanki waren Kult. Und zwar zu Recht. Agnieszka zählte ungefähr 20 verschiedene Sorten auf und die Zutaten, mit denen die Baguettehälften belegt wurden.

Bestandteil fast aller verschiedener Zapiekankisorten war ein dünner Steinpilzaufstrich. Dieser gab den Broten eine unverwechselbare würzige Note. Anders als bei der durchschnittlichen deutschen Leberwurst, war bei der Pilzpaste noch deutlich zu erkennen, aus welchem Rohprodukt sie gemacht war. Der Duft von frischen Steinpilzen stieg dem Zapiekankigenießer unweigerlich in die Nase, wenn beim Abbeißen zwischen dieser und dem sich auftürmenden Brotbelag nur wenige oder gar keine Millimeter Abstand blieben. Wie bei anderen von Endzior verwendeten Produkten verbanden ich und wahrscheinlich auch ein Großteil der anderen Zapiekankiliebhaber den Genuss der Röstschnitten mit der Pilzpaste mit dem Gedanken, dass die Pilze nur wenige Stunden vorher im Wald gesammelt worden waren. Hier wurden Kindheitserinnerungen wach, wie praktisch jede polnische Familie in Zeiten der Mangelwirtschaft während des Sozialismus und in den ökonomisch schwierigen Jahren danach Pilze und Früchte im Wald suchte. Ich war selbst kein passionierter Pilzsammler, aber auch ich hatte meine eigenen Pilzerlebnisse in den polnischen Wäldern – wenn auch nur zufällig. Denn eigentlich wollte mir meine damalige Bekannte nur das Geburtshaus von Frederique Chopin und den Garten mit den riesigen Farnpflanzen zeigen.

Von annähernd gleicher Inspirationskraft war Dill. Dill musste bei der Bestellung immer ausdrücklich geordert werden, aber kaum einer der Kunden verzichtete freiwillig darauf. Pilz-Zapiekanki mit Dill. Käse-Zapiekanki mit Dill. Tomaten-Mozzarella-Zapiekanki mit Dill. Zwiebel-Zapiekanki mit Dill. Schinken-Zapiekanki mit Dill. Wurst-Zapiekanki mit Dill. Thunfisch-Zapiekanki mit Dill. Gurken-Zapiekanki mit Dill. Auberginen-Zapiekanki mit Dill. Und alles selbstverständlich immer auf Steinpilzpaste. Dill wird in jedem polnischen Gemüse- und Ziergarten angepflanzt und gehört zu jedem Frühstück dazu. Vom Frühjahr bis zum Herbst wird in Polen fast alles mit Dillkraut garniert. Unvermeidlich werden beim Dillverzehr Erinnerungen an laue Sommernächte in den Schrebergärten wach, an das Frühstück am Morgen danach oder das Picknick am See.

Ich verstand die Leute, warum sie lieber Zapiekanki aßen, als sich einen Fabrik-Burger hineinzuschieben. Das Auge isst mit. Und wenn man Gedanken sehen könnte ...

Tanja und ich hatten Appetit bekommen. Wir gingen hinüber zu Endzior.

Vor Endzior warteten mittlerweile gut zwei Dutzend Leute. Die einen hatten ihre Bestellung schon abgegeben, die anderen warteten darauf, dass sie an der Reihe waren. Wieder andere kamen nur für einen Schwatz vorbei. Bei beziehungsweise vor Endzior traf man sich. Gerade so, wie man es aus der Fernsehwerbung für manche Fastfoodketten kennt, wo sich alle coolen und hippen Leute zum Happening treffen und dann von den noch cooleren Leuten hinter der Theke bedient werden, die dann den supergeilen Ice-Tea mit den aufgemotzten Turbo-Pommes über die Theke rüberschieben. Und das Ganze für einen unschlagbaren Sensations- und

Jubiläumspreis. Natürlich nur während der XXL-Wochen.

Endzior war anders. Keine Werbung. Keine Aktionswochen. Keine Sonderangebote. Wahrscheinlich nur Mund-zu-Mund-Propaganda. Mit einer ausgefeilten Marketingstrategie hätte Endzior möglicherweise hunderte von Endzior-Filialen im ganzen Land eröffnen können. Aber das wäre dann vielleicht auch nicht mehr original Endzior gewesen und auch nicht mehr Kult.

Beim Warten ließen sich vortrefflich die Kundschaft beobachten und natürlich auch alle Leute, die über den Platz kamen. Diesmal widmete ich meine volle Aufmerksamkeit selbstverständlich meiner Begleiterin und ließ mich umfassend über die von ihr präferierte Zapiekankisorte informieren.

9

Agnieszka war später noch mit ihrem Freund verabredet, und Tanja wollte uns alleine nicht in den Tanzclub begleiten. Nach einer herzlichen Verabschiedung verließen A. und ich das Alhemia. Wir liefen über den Platz vorbei an den bei Endzior Wartenden. Der Platz war mittlerweile gut befüllt und insbesondere vor Endzior eine Art Stehparty in Gang gekommen, weil Kunden mit Zapiekanki zusammen mit Kunden ohne Zapiekanki warteten. Gespräche ließen sich auf diesem Vorplatz ganz unverkrampft anfangen, unter anderem auch dann, wenn man als Tourist mit einigen polnischen Worten glänzen konnte. Dann war schnell der Übergang geschafft vom Dill über den heimischen Garten zurück zur polnischen Natur und zu den zerklüfteten Berggipfeln der Hohen Tatra hin zur meditativen Stille der nordspanischen Picos de Europa. Oder man startete bei dem oben erwähnten Steinpilzaufstrich und kam über die Wälder in Polen und Deutschland und die Erdbeerplantagen in der norddeutschen Tiefebene zu den ganzjährigen andalusischen Erdbeerimporten und letztendlich zum Flamenco. Gesprächsansätze gab es viele.

Zielstrebig steuerten wir auf die Lokation des vorigen Abends zu. Es war schon nach zehn und wir wollten auf keinen Fall zu spät kommen. Die Straßen waren gedrängt voll, die Leute saßen oder standen draußen. Wir hätten überall einkehren können. Die Stimmung war ausgelassen. Mit Blick auf unsere für Montag geplante Abreise wollten wir nach Möglichkeit jede Minute optimal ausnutzen. Ein weiteres Bier auf dem Weg bedeutete weniger Zeit in dem von uns so sehr geschätzten Tanzlokal und auch weniger Party. Vermutlich jedenfalls. Genau wussten wir schließlich nicht, was uns dort erwarten würde. Wir hofften auf eine Wiederholung des gestrigen Abends.

Wir überquerten den Innenhof, der auch an diesem Abend gut besucht war. Es duftete nach Deftigem. Von drinnen drang Musik nach draußen. 80er. Wir verzichteten diesmal auf den Blick durchs Fenster und wagten uns direkt an die Kasse. Der Mann am Eingang grinste. An unsere Gesichter konnte er sich augenscheinlich erinnern.

An der Theke bediente wieder Julia T.[11] zusammen mit einigen ihrer Kolleginnen. Sie hatte uns gesehen und mit einem freundlichen Lächeln begrüßt. Vermutlich erinnerte sie sich daran, wie wir unsere Bestellungen abgegeben hatten. A. in englischer Sprache und ich in Polnisch, verständlich, aber eben doch deutlich als Ausländer erkennbar. Ausländer waren in diesem Lokal – und sind es wohl noch heute – die absolute Ausnahme. Im Gegensatz zu einigen im Zentrum gelegenen Schenken, denen Touristen bisweilen ihren Stempel aufdrücken und die neben polnischem Bier auf penetrant vorgetragenen Kundenwunsch hin vor allem Guinness oder Ale anbieten, hatte sich »unser« Club seinen ursprünglichen Charakter erhalten. Obwohl ich meine Nationalität natürlich nicht verbergen kann, bemühte und bemühe ich mich

---

11 Julia T. hieß natürlich nicht wirklich Julia Timoschenko, sondern sah mit ihren langen blonden Haaren, die zu einem Haarkranz geflochten waren, und ihren hohen Wangenknochen nur der Ex-Ministerpräsidentin der Ukraine ähnlich; tatsächlich hieß sie Ania, wie sie mir bei einem meiner späteren Besuche verriet.

bei meinen Reisen stets darum, das Deutsche nicht zu sehr zur Schau zu stellen und auch im Suff Contenance zu wahren.

Vielleicht, so kam es mir flüchtig in den Sinn, verband Julia T. mit unseren Gesichtern aber auch den fast eskalierten Streit am Vortag und hoffte jetzt, dass es keine Randale geben würde. Ich schob den Gedanken beiseite und machte einen Schritt zur Theke hin. Ich war an der Reihe.

Ich bestellte zwei große Bier. Julia hatte ich bereits von meiner Warteposition heraus intensiv betrachtet. Jetzt schaute ich mir ein wenig den Raum an, auch um nicht ständig zu ihr hinüberzustarren, während sie das Bier zapfte. Der Bau mochte wohl eine alte Stallung gewesen sein, an den Wänden angebrachte Hufeisen, Steigbügel und Pferdegeschirre ließen eine solche frühere Nutzung vermuten. Überhaupt hatte ich den Raum und die Einrichtung am Vortag nur flüchtig wahrgenommen und fortwährend mit einer Art Tunnelblick. Von der Theke zum Tisch und vom Tisch zur Tanzfläche. Hinter der Tanzfläche standen leicht erhöht weitere drei Tische. Dieser hintere Teil des Raumes war nur spärlich beleuchtet. Vermutlich hatte ich A. deswegen am Abend davor auch gar nicht bemerkt, als er sich dort angabegemäß im Halbdunkel mit U. vergnügt hatte.

Rechts über die Theke, die ein wenig schräg zur Wand gestellt war, konnte ich zum Eingang zurückblicken. Und zu den Toiletten, die auch hier spätestens ab Mitternacht zur zentralen Anlaufstelle und Kontaktbörse wurden. Eingang und Toiletten trennten den Theken- und Tanzbereich räumlich großzügig von dem zur Straße gelegenen Speisebereich, den ich erst Jahre später kennenlernte. Die Zeit war bei diesem und den folgenden Besuchen stets zu knapp gewesen, als dass ich auch nur eine Minute auf das Essen hätte verschwenden wollen.

Julia reichte mir die beiden Gläser, und ich bezahlte. Ich fragte jedes Mal, was es denn kostete. Das war seit Jahren für zwei Bier der gleiche Preis und erst recht an einem Abend. Trotzdem fragte ich natürlich, weil ich freundlich sein und meine Polnischkenntnisse zur Anwendung bringen wollte. Außerdem hatte ich bekanntlich den Kioskdialog, der einen Kaufvorgang mit Wechselgeldrückgabe simulierte, vor einigen Jahren mit meinen beiden Freunden B. und H. in Hannover vorführreif einstudiert. Jetzt in dieser Situation bot sich die passende Gelegenheit schlechthin.

A. hatte sich inzwischen zu einem Pärchen an den Tisch gesetzt, an dem wir auch am letzten Abend gesessen hatten. Die beiden waren sichtlich einander zugetan. Wir wollten nicht stören. Ich stellte A. sein Bier hin und setzte mich dann zu ihm. A. hatte die beiden auf Englisch angesprochen, als er nach einem freien Platz fragte. So dachten sie offensichtlich zunächst, dass wir Briten seien. Wir unterhielten uns dann aber deutlich wahrnehmbar auf Deutsch, und ich bemerkte, wie eine anfangs in ihren Gesichtern abzulesende Gleichgültigkeit gegenüber uns in eine gewisse Skepsis und Reserviertheit umzuschlagen schien. Ich wusste nicht, ob sie irgendwelche latenten Ressentiments pflegten, die wir nun geweckt hatten. Wir setzten unser Gespräch fort, wohl mit einem leichten Unbehagen, denn ein Abend wie am Tag zuvor war an diesem Tisch nur schwer vorstellbar. Ich ging zur Tanzfläche und ließ A. allein zurück.

Nachdem einige Minuten später auch die junge Frau vom Stuhl aufgestanden war und ihren Freund verlassen hatte, saßen A. und Tadeusz, so hieß der Freund, alleine an dem großen Tisch. A. hatte sein Bier fast geleert. Tadeusz hatte mit seiner Freundin mehrere Gläschen Wisniowka[12] getrunken. Die leeren Gläser standen jetzt vor ihm ordentlich nebeneinander aufgereiht. A. nutzte die Gelegenheit und fragte Tadeusz nach dem Namen des Getränks. Ohne A. zu nahe zu treten, so ist doch zu vermuten, dass es etwas länger dauerte, bis er den genauen Namen verstanden hatte. Umso mehr beeilte er sich, die Bestellung an der Theke bei Julia T. aufzugeben, und kam dann mit vier kleinen Gläsern zurück. A. stellte zwei der Gläser zu Tadeusz und zwei vor sich und prostete dann Tadeusz zu. Tadeusz war angenehm überrascht und nahm die Einladung konkludent an. Tadeusz stieß nun mit seinem Glas an das von A. und sagte seinen Namen, denn bisher wusste schließlich weder A., dass Tadeusz Tadeusz hieß, noch kannte Tadeusz A. namentlich.

---

12 Wisniowka ist ein Kirschlikör mit Wodka. Oder Wodka mit Kirschlikör. Eine gute Mischung sollte auf jeden Fall mehr als 30 % ergeben.

Die beiden waren sodann recht schnell übereingekommen, dass es zur Verständigung keiner großen Worte bedurfte. Tadeusz erklärte nun, dass seine Freundin Marzena hieß. Das konnte A. verstehen und Tadeusz erklären, ohne dass A. des Polnischen oder Tadeusz des Englischen mächtig gewesen wären. Wahrscheinlich tauschten die beiden spätestens ab dem zweiten Wisniowka auch noch die eine oder andere weitere Information aus, so dass beide – sicherlich auch unterstützt durch die Wirkung des Alkohols – das Gefühl hatten, sich bestens zu verstehen, und jedwede Fremdheit vergessen war.

A. hatte mir nach meiner Rückkehr an den Tisch und in Gegenwart von Tadeusz und Marzena bis ins Detail erklärt, wie er und Tadeusz sich mit Hilfe des Kirschgeistes angefreundet hatten und auch, dass Marzena mit ihm tanzen gegangen war, nachdem sie an den Tisch zurückgekommen war und Tadeusz ihr berichtet hatte, dass A. ihn zunächst zu einer und dann zu einer weiteren Runde Wisniowka eingeladen hatte. Beide, Marzena und Tadeusz, waren offensichtlich von A.s Einladung sehr beeindruckt und hatten mit einer solchen Geste nicht im Entferntesten gerechnet. Gleichwohl – das ist hier anzumerken – ist es in Polen durchaus nicht unüblich, andere und meist zunächst fremde Leute zum Mittrinken einzuladen. Am Abend zuvor waren wir schließlich selbst in den Genuss dieser Sitte gekommen. Offensichtlich aus Freude und als Zeichen des Dankes hatte Marzena dann die Hand von A. ergriffen und ihn zur Tanzfläche gezogen. Von dieser wirklich herzlichen Geste wiederum war A. nachhaltig beeindruckt und ich, nachdem mir A. alle Einzelheiten geschildert hatte, selbstverständlich auch.

Im Nachhinein betrachtet scheint mir diese Begegnung und ihre eigenartige, durchaus lobenswerte Wendung geradezu typisch für die deutsch-polnischen Beziehungen zu sein. Man kennt sich nicht wirklich gut, man ignoriert sich weitgehend und geht sich am liebsten aus dem Weg, bestenfalls bringt man sich gegenseitig Respekt entgegen. Mehr aber auch nicht. Wenn es, wie hier geschehen, dann aber doch zu einer Kontaktaufnahme kommt und diese schließlich auch in einem näheren Kennenlernen mündet, sind beide

Seiten von der Offenheit und Warmherzigkeit der anderen überrascht. Unweigerlich kommt die Frage auf, warum man das nicht eher gemerkt hat. Manchmal kommt es dann zu solchen aus Spießbürgersicht fast übertrieben wirkenden Reaktionen wie bei Marzena, deren Tanzeinladung offenkundig Ausdruck ihrer Verblüffung, vor allem aber ihrer überschwänglichen Freude war.

An dieser Stelle möchte ich ein weiteres Beispiel polnischer Gastfreundschaft hinzufügen. Es war mein zweiter Polenbesuch und nach dem Fall des Eisernen Vorhangs. Ich war mit einer französischen Bekannten kurzfristig und drei Nächte, nachdem wir uns kennengelernt hatten, für einige Tage im November nach Breslau gefahren. Nach langer Suche hatten wir abends kurz vor elf eine alternative Musikkneipe entdeckt. Das Kneipenwesen in Polen war zu dieser Zeit noch nicht so entwickelt wie heute, was nicht heißt, dass nicht trotzdem mindestens genauso viel getrunken wurde. Wir bestellten ein Bier. Das gab man uns verbunden mit der Entschuldigung, dass man wegen der Beschwerde eines Nachbars den Laden in wenigen Minuten schließen müsste. Wir setzten uns, tranken unser Bier und bezahlten. An der Theke lud uns der Kneipier dann spontan ein, mit ihm und den anderen Gästen, hierbei handelte es sich offensichtlich ausschließlich um Stammgäste, zu sich nach Hause zu kommen (und dort weiter zu feiern und vor allem zu trinken).

Wir überlegten nicht lange und folgten dem Tross einige Straßen weiter. Gaëlle, das war die zierliche Französin, mit der ich reiste, trank mindestens so viel wie ich und vertrug wahrscheinlich ohnehin mehr. Wir waren deshalb auch schon in guter Stimmung in die Kneipe gekommen. Vielleicht hatten sie uns deshalb auch mitgenommen. In der Wohnung angekommen, suchte sich im Wohnzimmer jeder irgendetwas zum Sitzen. Die meisten saßen auf Kissen, weil Stühle und Sessel erklärlicherweise nicht für 25 Personen ausreichten. Den Kamin hatte schon jemand angeheizt, es war behaglich warm. Und dann bekamen wir auch schon etwas zu trinken. Die Halblitergläser wurden unten mit Wodka gefüllt und dann bis kurz unter den Rand weiter mit Cassis. Die eisigen Temperaturen draußen vergaßen wir in dem Wohnzimmer jedenfalls schnell. Mir hatten sie einen Platz auf dem einzigen Sofa angeboten, Gaëlle hatte sich etwas weiter auf einem Kissen niedergelassen. Ohne längere Warmlaufphase waren wir sofort in mehr oder weniger sinnvolle Diskussionen verstrickt über ernsthafte und auch lockere Themen. Der einzige Grund, warum wir uns um halb vier verabschiedeten, war, dass ich mit Gaëlle alleine sein wollte und wir schließlich auch noch einige Tage durchhalten mussten. Ansonsten wäre es wahrscheinlich kein Problem gewesen, in der Wohnung bis zum Morgen weiter zu diskutieren und vielleicht noch ein drittes Glas mit der ebenso wohltuenden wie benebelnden Cassis-Wodka-Mischung zu nehmen.

Ich verließ den Tisch wieder Richtung Tanzfläche und ließ die drei alleine. Marzena konnte etwas Englisch. Ich war mir sicher, A. würde sich auch ohne meine Gegenwart mit den beiden und später vielleicht auch mit anderen Gästen amüsieren. Außerdem war ja nicht ausgeschlossen, dass wir uns beim Tanzen oder beim Bierholen an der Theke trafen. Der Laden war eigentlich nicht besonders groß. Dass ich und wahrscheinlich auch A. gelegentlich den Überblick verloren, mochte dem Alkohol geschuldet gewesen sein oder auch dem Umstand, dass jeder von uns sich auf die jeweilige Tanz- oder Gesprächspartnerin zu konzentrieren versuchte. A. und ich brachten in dieser Hinsicht gegenseitig ausreichend Verständnis füreinander auf und ließen den anderen ungestört gewähren. Immerhin hatten wir ja eine gemeinsame Unterkunft, und es war davon auszugehen, dass wir uns spätestens im Laufe des folgenden Tages wieder sehen würden.

Auf der Tanzfläche war es noch ein wenig knubbelig. Der DJ spielte gerade polnischen Rock. Ich drängte mich jetzt auch in die Mitte. Aus der polnischen Rockszene kannte ich zum damaligen Zeitpunkt nur die beiden schon erwähnten Bands Myslovitz und Lady Pank. Da diese aber fortlaufend und nach meinem Empfinden fast ausschließlich während der polnischen Rocksequenzen gespielt wurden, war praktisch immer etwas dabei, das ich kannte. Um sich zu sozialisieren, muss man nicht unbedingt der beste Tänzer sein oder sich so auf der Bühne bewegen wie

Bobby Farrell, der Tanzclown von Boney M. Meist reicht es schon, die Füße halbwegs im Takt zu bewegen und das ein oder andere Wort mitzusingen. Das tat ich oder bildete es mir jedenfalls ein. Ich fühlte mich gut. Besser wäre es natürlich zu wissen, um was es in einem Lied geht. Theoretisch kann man dann Gestik und Tanzschritte inhaltlich auf das Lied und den Text abstimmen. Andererseits darf man aus dem Tanzen in einer Disko auch keine Wissenschaft machen. Die Leute, die alle Texte auswendig können und auch wissen, wie sie zu interpretieren sind, sind nicht unbedingt die besten Tänzer und umgekehrt. Ähnlich wie bei Boney M., die ja erwiesenerweise auch gar nicht selber gesungen, aber immer eine grandiose Performance abgeliefert hatten.

Das Eintanzen war eine gute Gelegenheit, die Glieder locker zu machen und die Bewegungen auf den Takt abzustimmen. Gleichzeitig und nach Möglichkeit unauffällig galt es, die Lage zu sondieren und potenzielle Tanzpartnerinnen zu identifizieren. Im geeigneten Moment müsste dann die Ansprache (der Tanzpartnerin) erfolgen. Am vergangenen

Abend hatte ich mir wohl nicht einmal die Hälfte dieser Gedanken gemacht. Nach dem erwähnten Filmriss hatte ich durchgehend getanzt und am Schluss auch ständig – und ohne mir vorher darüber Gedanken gemacht zu haben – meine Hand auf Kasias Po gelegt. Das schien mir jetzt so vergleichsweise nüchtern, wie ich war, sehr aufdringlich. Aber Kasia hatte sich nicht wirklich daran gestört. Es war müßig, darüber nachzudenken, ob Kasia noch länger bei mir geblieben wäre, wäre meine Hand nicht dort, sondern etwas weiter oben in manierlicher Tanzhaltung gewesen beziehungsweise geblieben.

Es war kurz nach elf, der DJ ließ gerade das sanft rockige *Scenariusz dla moich sąsiadów*[13] von Myslovitz ausklingen. Einige der Gäste verließen die Tanzfläche, so dass es für die Verbliebenen etwas übersichtlicher wurde. Dann legte der DJ *You see the trouble with me* von Barry White ein, was in deutschen Diskotheken und für die meisten Leute meines Alters wahrscheinlich der Graus schlechthin wäre. In Polen und insbesondere hier in unserem Club wurde diese Musik hingegen vor

13 Szenario über meinen Nachbarn.

allem dazu genutzt, mit dem Partner einen Diskofox oder Foxtrott auf das Parkett zu legen oder einfach nur zum Schwofen. Schnell bildeten sich Paare, die meisten kannten sich wohl. Einige fanden sich aber auch spontan zusammen. Neben mir hatten zuvor zwei befreundete junge Damen getanzt. Die Schwarzhaarige von ihnen tanzte nun offensichtlich mit einem Freund. Die Blonde war sozusagen – und genauso wie ich – übrig geblieben und hatte sich in einer Ecke am Rand der Tanzfläche an die Wand gelehnt. Ich durfte nicht lange zögern. Es gab zwar auch an diesem Abend einen Frauenüberschuss, aber die Blonde war alles andere als ein Ladenhüter und würde nicht mehr als eine Liedlänge unaufgefordert bleiben (müssen). Asia, das war der Name der Blonden, trug ein türkisfarbenes kurzes Sommerkleid. Die Beine wirkten dadurch länger. Ihre Haut war angenehm hell, aber nicht käsig, und bot einen schönen Kontrast zum knapp geschnittenen Abenddress. Die Fußnägel waren türkis lackiert und passten fast auf die Nuance genau zur Stofffarbe. Asias kleine Füße steckten in hellbraunen, flachen Sommersandalen. Die schulterlangen Haare wellten sich etwas um das leicht rundliche Gesicht, das etwas kindlich Freches hatte. Ich machte drei Schritte auf Asia zu und lächelte sie leicht verschmitzt an. Mit einem »Przepraszam, chcesz zatańczyć?«[14] hob ich meine Hand etwas hoch, um die von Asia zu nehmen, die sie mir dann aber bereitwillig von sich aus entgegenstreckte. Asia hatte die ganze Zeit mit dem linken Fuß im Takt gewippt und nur darauf gewartet, aufgefordert zu werden. Vielleicht nicht unbedingt von mir. Ich zog sie ein wenig Richtung Tanzfläche, und wir begannen einen Foxtrott. Asia ließ sich wunderbar führen. Wir hatten anfangs nur wenig Platz, Drehungen waren zumindest während der ersten Takte nicht möglich. Als sich ein kleiner Raum auftat, nutzte ich die Gelegenheit und drehte mit Asia einige Male. Bei der letzten Drehung kam uns ein anderes Paar bedrohlich nahe. Um einen Zusammenstoß zu vermeiden, riss ich Asia an mich und zu mir herüber und drehte dann mit ihr in eine andere Richtung weiter. Ich erklärte auf Englisch den Grund für mein stürmisches

---

14 Entschuldigung, möchtest du tanzen?

Verhalten und entschuldigte mich. Als ich glaubte, nicht mehr so auf den Takt achten zu müssen, stellte ich mich vor – denn das hatte ich bisher noch nicht getan – und fragte Asia im Gegenzug nach ihrem Namen. Asia fragte, ob ich in Krakau arbeiten würde. Ich verneinte und sagte, dass ich nur für einen Kurzurlaub in der Stadt wäre. Dann hatten wir den Takt verloren. Das störte uns irgendwie beide nicht sonderlich. Wir setzten noch einmal ein. Dann drehten wir noch ein weiteres Mal. Als es wieder sehr eng wurde und wir für mehr als einen Augenblick aneinandergedrückt wurden – vielleicht half ich auch etwas nach –, wollte ich von Asia wissen, ob sie arbeitete oder noch studierte. Sie grinste mich an, sie wäre ja schon 27 und würde natürlich schon arbeiten. Wir waren schon wieder aus dem Rhythmus. Mein Polnisch wäre sehr gut, wo ich das denn gelernt hätte. Ich wiegelte ab. Ich könnte nur einige Wörter. Und die meisten davon hätte ich schon wieder vergessen.

Als wir aus dem Takt gekommen waren und uns mehr auf unser Gespräch konzentriert hatten, hatte ich Asia tief in ihre dunkelblauen Augen blicken können und sie auch in meine, die aber nicht dunkelblau sind. Ich mochte Asias Green-Tea-Duft, mit dem ich aus hier nicht näher zu vertiefenden Gründen stets jugendliche Natürlichkeit und wilde Sinnlichkeit in Verbindung brachte. Je älter ich werde und mit mir tendenziell und in gewissem Abstand auch die Frauen, die ich anspreche, desto seltener treffe ich auf diesen Duft. Dabei ist er aus meiner Sicht wirkungsvoller als manche Anti-Aging-Creme.

Jetzt spielte der DJ *Born To Be Alive*. Asia und ich tanzten nun einzeln voreinander her und beim *down, down, down* und *bind, bind, bind* immer wieder aufeinander zu. Wir waren mit der Musik glücklich und hatten unsere Freude daran, uns gegenseitig anzutanzen und uns mit unseren inzwischen stark transpirierenden Körpern zu berühren. Asias Green-Tea-Duft war deutlich wahrnehmbar, wenn ich beim Aufeinanderzutanzen mit meinem Kopf und meiner Nase ganz in ihre Nähe kam. Als ich Asia zum Tanzen aufgefordert hatte, waren ihre Hände noch ein bisschen kalt gewesen, jetzt waren sie heiß und verschwitzt.

Der DJ hatte mit seiner Musik den Gästen

ordentlich eingeheizt. Die Stimmung war bereits am Siedepunkt (und sollte da jetzt auch für die nächsten drei Stunden bleiben). Mittlerweile waren wieder mehr Gäste auf die Tanzfläche gekommen, einige Damen waren auf die Bänke an der Seite geklettert und sangen von dort mit. Die meisten der Gäste waren wohl nicht das erste Mal hier, der Club war bekannt für gute (Tanz-)Musik und bot unausgesprochen eine Stimmungs- und Partygarantie. Verglichen mit deutschen Ü-30-Partys war die Musik leise, das Konzept war vermutlich ein anderes. Die Leute kamen zum Tanzen hierhin. Den meisten von ihnen gelang es, sich rhythmisch zu bewegen, und zwar zu wechselnden Musikstilen. Ein Aufdrehen auf 100 Dezibel und ein von der Lautstärke und überstarken Bässen vibrierender Boden waren nicht notwendig, um die Besucher in Bewegung und Schwingungen zu versetzen. Unterhaltung war zumindest abseits der Tanzfläche immer noch gut möglich, und zwar ohne dass man sich hätte anschreien müssen.

Als der DJ *Come on Eileen* auflegte, wurde das Parkett noch einmal deutlich voller. Beim

ersten *Come on Eileen, I swear what he means*
zog ich Asia schwungvoll zu mir hin und
drehte sie halb ein, so dass ich jetzt ihren
Rücken vor mir hatte und mich an sie schmie-
gen konnte oder wegen der Enge schlichtweg
auch musste. Wir harmonisierten unsere Bewegungen und waren beide nicht unglücklich
über das Gedränge. Ich hatte meine Hände
an ihre Hüften gelegt, so dass ich Asia immer
wieder zu mir umdrehen konnte.

Wer zu zweit tanzte, tanzte in der Regel eng.
Da waren wir keine Ausnahme, auch wenn
ich mich mit Asia so fühlte. Die Enge gab mir
immer wieder Gelegenheit, Asia etwas zuzu-
flüstern und auch umgekehrt. Asia arbeitete
in der Marketingabteilung eines amerikanischen Konsumgüterherstellers. Die Konzern-
sprache war Englisch, das sie fließend und
wahrscheinlich auch besser als ich sprach.
Asia kam aus Białystok nahe der weißrussi-
schen Grenze und war zum Studieren nach
Krakau gekommen. Nach dem Ende ihres
Studiums vor drei Jahren war sie in der Stadt
geblieben, an die sie sich aus nachvollziehbaren Gründen sehr gewöhnt hatte. Asia kam
im Schnitt alle zwei Monate und meistens

mit einer Freundin in den Club, wo, wie sie mir bestätigte, bei jedem ihrer Besuche klasse Musik lief. Asia wohnte in Podgorze auf der anderen Seite des Flusses, weil die Mieten dort noch nicht so stark angestiegen waren.

Nach einem weiteren Lied fragte ich Asia, ob wir etwas trinken sollten. Wir gingen an die Theke. Bei Julia T. bestellte ich eine Runde Kamikaze. Ich kannte das nicht, aber Asia hatte sich das gewünscht, als ich sie gefragt hatte. Bier und Wodka schienen mir jetzt im Beisein einer so wunderbaren Frau zu profan. Julia T. lächelte, als ich die Order abgegeben hatte. Bisher war ich stets alleine an die Theke gekommen und hatte der Einfachheit halber und der besseren Verträglichkeit wegen nur Bier und Wodka geordert. Julia T. nahm den Cocktailshaker und befüllte ihn unter anderem mit Wodka und Limettensaft. Die anderen Zutaten entgingen meiner Aufmerksamkeit, die im Übrigen ganz Asia galt.

Ich erzählte, dass ich gerne nach Polen kam, weil man jedes Mal andere Leute kennenlernte und Neues erlebte. Dass ich deshalb wahrscheinlich auch vor Jahren einmal angefangen hätte, Polnisch zu lernen. Dass ich mit einem der Kursteilnehmer – gemeint war B., aber den kannte sie nicht, und den eingeübten Kioskdialog wollte ich jetzt nicht erwähnen – beim Przystanek Woodstock[15] und das eine ziemlich coole Sache gewesen wäre. Dass ich schon im Riesengebirge und in der Hohen Tatra gewandert wäre und auch Warschau besucht hätte. Lieber käme ich aber nach Krakau, das wäre übersichtlicher und habe mehr Flair – wahrscheinlich wegen der vielen Studenten und natürlich wegen der Geschichte der Stadt und ihrer Kultur.[16] Dass ich es auch wichtig fände, die Sprache der Landesnachbarn wenigstens ansatzweise zu verstehen,

15 Przystanek Woodstock ist ein seit 1995 meist in Kostrzyn an der Oder stattfindendes Rockfestival, zu dem jährlich zwischen 200.000 und 400.000 junge und jung gebliebene Besucher kommen. Die Bands spielen ohne Gage, der Eintritt ist frei. B. und ich waren 2004 da, die Toten Hosen erst 2005.

16 Krakau ist ganz objektiv unter anderem wegen der historischen Bausubstanz pittoresker und lebenswerter als Warschau. Als Deutscher versuche ich allerdings immer aufzupassen, was ich sage, denn dass in Warschau so gut wie keine historischen Gebäude mehr stehen – die Altstadt wurde mit viel Liebe zum Detail und zur Geschichte mit knappsten finanziellen Mitteln nach dem Krieg rekonstruiert –, ist unmittelbare Folge des deutschen Eroberungs- und Vernichtungsfeldzuges gegen Polen in den Jahren 1939 bis 1945.

zumal wenn die Gegenwart und die aktuellen Beziehungen so sehr durch die Ereignisse in der Vergangenheit belastet wären wie eben zwischen Deutschland und Polen.

Und dann erzählte Asia von sich, dass sie in einem Dorf zehn Kilometer von Białystok aufgewachsen war. Dass ihre Eltern eine Landwirtschaft gehabt hätten, dass sie viel und oft in der Natur gewesen wäre. Und ein Pferd hätte sie gehabt bei ihren Eltern. Seit dem Studium wäre sie nur noch selten in ihrer Heimat, zu Weihnachten und wenn es die Zeit und der Job erlaubten, im Sommer für eine Woche.

Der Kamikaze-Shot war fertig. Julia T. stellte vier Shot-Gläser auf die Theke und teilte dann das Gemisch gleichmäßig auf. Asia und ich prosteten uns zu und kippten den leicht sauren Shot hinunter. Ich bestellte noch je ein Wasser für uns und bezahlte dann, um mit Asia weiter zu tanzen. Asia legte ihre Hand auf meine linke, mit der ich mich am Bartresen leicht abstützte, und wollte wissen, wie mir der Shot geschmeckt hätte. Schon lecker, meinte ich. Asia bestellte noch eine weitere Runde.

Ich sah beiläufig, wie A. mit einer nicht mehr ganz jugendlichen blonden Dame zum Tanzen schritt. Das beruhigte mich. A. lebte noch, es hatte keinen Streit gegeben, A. wusste sich zu beschäftigen und langweilte sich offensichtlich nicht. Ich hoffte für ihn, dass der Abend nicht in einem ähnlichen Fiasko enden würde wie der vorige.

Ich berichtete Asia, dass ich mit einem Bekannten, eben A., nach Krakau gekommen war und dass wir uns vom Snowboarden her kannten. Gestern wären wir auch in diesem Schuppen gewesen und dann direkt zum Wodkatrinken eingeladen worden, was sehr lustig gewesen wäre. Ich vermied es, auf Details einzugehen, insbesondere erwähnte ich nicht die genaue Promillezahl, die sich gestern in meinem Blut befunden hatte, und die Anzahl der verschiedenen Damen, mit denen ich getanzt hatte.

Asia sagte, dass sie sich sehr an das Leben hier in Krakau gewöhnt hat. Kuh und Schweine besuchte sie im Sommer auf dem Hof ihrer Eltern, hier vermisste sie die Tiere nicht. Im Gegenteil, die Stadt böte doch Zerstreuung und Abwechslung, das Leben wäre hier sehr kurzweilig, das Einzige was störte, wäre die Arbeit, aber von irgendetwas müsste man schließlich auch leben. Ich nickte zustimmend. Die Shots waren fertig.

Der DJ hatte die 60er entdeckt. Die Musik der 60er Jahre gehört zugegebenerweise nicht zu meinen Favoriten, weil ich immer denke, dass ich in den Hüften zu steif und dann schon mental völlig blockiert bin. Mit den vielen Shots war ich zumindest im Geiste gefühlt lockerer geworden. Oder ich bildete mir das auch nur ein. Kneifen konnte ich jetzt nicht mehr. Dann hätte mich Asia wahrscheinlich an der Theke stehen gelassen und alleine oder mit einem anderen getanzt. Zum Nachdenken und Zögern blieb keine Zeit. Der DJ spielte *Let's twist again*. Asia zog mich zur Tanzfläche, und wir legten los, Asia, weil sie die Musik mochte, und ich, weil ich musste und weil ich Asia mochte. Meine Hüften waren plötzlich locker und die Knie auch. Ich habe mir beim Tanzen noch nie selbst zugesehen. Das wäre wahrscheinlich desillusionierend. Besonders, wenn 60er gespielt werden. In diesem Moment dachte ich glücklicherweise nicht darüber nach und ließ mich von Asias Hüftbewegungen einfach inspirieren. Natürlich wusste ich, dass ich nicht Chubby Checker war, aber ich fühlte mich fast so oder so, wie ich dachte, dass sich Chubby Checker fühlte, wenn er auf der Bühne sang. Hier wirkte offensichtlich die Kraft der Imagination.

Es folgte eine ganze Reihe von bekannten Hits. *Rama Lama Ding Dong, Hang on Sloopy, Keep on Running, Lolli Pop, Barbara Ann, You can get it* und am Schluss drei oder vier Rock- 'n'-Roll-Klassiker. Wir waren fix und fertig. Schweißperlen tropften mir von der Stirn, Asias Gesicht glänzte feucht. Wir waren beide etwas außer Atem und standen immer noch auf der Tanzfläche. Asia wollte vor die Tür, um sich ein wenig abzukühlen. Ich schnappte mir Asia kurzerhand und trug sie auf den Armen nach draußen. Den linken Arm hatte ich unter ihren Rücken geschoben, die rechte Hand war versehentlich zwischen ihren Beinen und fast im Schritt gelandet. Ich konnte sie da jetzt nicht wegnehmen, sonst wäre mir Asia auf den Boden geknallt. Das wollte ich auf keinen Fall. Ich machte mir keine weiteren Gedanken und sah das eher sportlich. Asia hoffentlich auch. Rechts vom Eingang war eine kleine Veranda, die sich vom übrigen Gelände durch eine zweistufige Treppe abhob. Hier ließ ich Asia vorsichtig herunter und setzte mich dann neben sie.

Der Himmel war immer noch bewölkt. Zwischen den Wolkenschwaden drückte der fast volle Mond von Zeit zu Zeit sein Licht hindurch. Sterne hätten zur Romantik eingeladen oder zum Philosophieren, waren aber in dieser Nacht nicht zu sehen. Uns blieb die Betrachtung des Irdischen. Ich holte drinnen noch schnell zwei große Bier.

Asia berichtete von ihren Eltern und Großeltern, mit denen sie in ihrer Kindheit und Jugend in einem Vorort von Białystok gelebt hatte. Bis zum 19. Lebensjahr hatte sie nie etwas anderes gesehen, immer nur den Hof, die Tiere, die Natur. Klar, auch die Hauptstadt der Woiwodschaft Podlachien, eben Białystok. Warschau und Krakau hatte sie erst nach ihrem Abitur kennengelernt. Und seit dem EU-Beitritt Polens wäre sie beruflich schon in der Europazentrale ihres Arbeitgebers in London gewesen, privat und zu Urlaubszwecken auch schon in Paris und in Barcelona. Sie wäre froh über die neue Freiheit, die sie jetzt hätten, und darüber, jetzt wieder zu Europa dazuzugehören. Wirtschaftlich würde es auch aufwärtsgehen. Natürlich wäre das noch ein langer Weg. Aber der Abstand zu Deutschland und Frankreich würde geringer. In Polen entständen auch mehr und mehr industrielle Arbeitsplätze. Das wäre auch wichtig als Ausgleich für die Jobs, die in der Landwirtschaft mit dem Beitritt zum europäischen Markt weggefallen wären. Ihre eigene Familie hätte die Wirtschaftskrise am Ende der 90er Jahre hart getroffen. Ihr Vater und ihre Mutter hätten ihren Arbeitsplatz in der Fabrik verloren. Beide wären dann nach Großbritannien gegangen, um dort zu arbeiten. Die Entscheidung hätten die Eltern allein getroffen und Asia und ihren kleineren Bruder dann an einem Sonntagmorgen mit ihrem Entschluss konfrontiert. Selbst die Großeltern wären überrascht gewesen, hätten aber auch schnell erkannt, dass sie mit dem Weggang der Eltern mehr Verantwortung für Asia und ihren damals erst zwölfjährigen Bruder übernehmen müssten.

Sie selbst, Asia, hätte zu diesem Zeitpunkt gerade ihre letzte Abiturklausur geschrieben und nach dem Abitur zunächst – allerdings vergeblich – nach einem Job in ihrer Heimat gesucht, auch um ein bisschen für ihren Bruder da zu sein. Sie hätte sich in dieser Zeit überwiegend mit Gelegenheitsjobs durchgeschlagen. Miete hätte sie ja nicht zahlen müssen. Nach zwei Jahren wäre sie dann nach Krakau zum Studium gegangen. Ihr Bruder hätte zu diesem Zeitpunkt das Gröbste überstanden gehabt und sich an die Abwesenheit der Eltern gewöhnt. Als sie dann das Studium abgeschlossen hätte, wären auch ihre Eltern aus England zurückgekommen und zumindest die Mutter hätte wieder eine Arbeit in Białystok gefunden. Der Vater hätte inzwischen die Verantwortung für die Landwirtschaft übernommen. Die reichte für die Selbstversorgung und einige zusätzliche Erträge. Mittlerweile könnte auch Asia einen kleinen Obolus beisteuern, solange das eben nötig wäre. Und politisch wäre das Land mit der neuen Regierung von Donald Tusk auf einem guten Weg. Sie wunderte sich über die Doppelherrschaft der Kaczynski-Brüder[17]. Die hätten das

17 Zum Zeitpunkt der Reise war Lech Kaczynski noch Präsident der Republik, sein Bruder Jaroslaw war nach der Nie-

Land in den Jahren davor wieder weg von der Moderne geführt mit Unterstützung der katholischen Kirche und Hilfe ihres Haussenders Radio Maria. Dass so viele Polen bereit gewesen wären, den teilweise sehr dumpfen Parolen der Kaczynskis zu folgen, was aber sicherlich auch auf die Schwäche der damaligen Postkommunisten zurückzuführen gewesen wäre und auf die Enttäuschung vieler ihrer Wähler, die 2005 nicht wieder für die Sozialdemokraten gestimmt hätten.

Gerade hatte drinnen der DJ wieder begonnen, 70er und 80er zu spielen. Er wechselte während eines Abends zwischen 70er und 80er Diskomusik, 60er Rock 'n' Roll und Twist und polnischer Rockmusik. 70er und 80er machten aber gleichwohl mehr als die Hälfte des Programms aus. Techno und aktuelle Charts von bekannteren oder weniger bekannten Popsternen und -sternchen hatte der DJ zumindest für das Wochenende aussortiert. Die Gäste sollten ja tanzen und Party machen und sich nicht langweilen oder Feuerzeug schwenkend den Arm anstatt die

---

derlage bei der Parlamentswahl 2007 Oppositionsführer im polnischen Sejm.

Hüften bewegen. Mit Gloria Gaynors *I will survive* heizte der DJ den Tänzern gerade wieder gehörig ein, so dass wir die Musik auch auf der Veranda deutlich hörten. Wir ließen die Gläser stehen – das Bier war fast leer – und passierten schnell den Eingang. Dann drängten wir Richtung Tanzfläche, auf der sich die meisten Gäste des Hauses schon befanden und in Ekstase getanzt hatten. Wegen des großen Gedränges dort und an den Rändern kamen wir nur bis zur vordersten Tischreihe. Die Gäste des Tisches waren glücklicherweise aufgestanden, und so schoben wir kurzerhand den Tisch einen knappen Meter zurück und erweiterten den Tanzraum. Auf den meist verlassenen Tischen und auch auf dem, den wir beiseitegeschoben hatten, standen überall noch halb gefüllte Gläser. Wir versuchten deshalb bei unseren rhythmischen Bewegungen ein wenig aufzupassen und allzu große Auslenkungen insbesondere unserer oberen Extremitäten zu vermeiden. Ein umgestürztes Glas muss nicht ein vorzeitiges Ende des Abends bedeuten, kann es aber durchaus. Die meisten Polen, die man trifft, und besonders die in unserem Club, vertragen Bier und Wodka und sind nicht auf Krawall gebürstet. Wie anfangs geschildert, verabschieden sich diejenigen wenigen unter ihnen, die doch zu viel getrunken haben oder einfach nur zu wenig vertragen, still und leise und fallen vom Stuhl herunter oder rutschen unter den Tisch. Dort bleiben sie dann liegen und verhalten sich ruhig und stören keinen. Oder hilfsbereite Gäste oder der nachsichtige Wirt bringen die Betroffenen in einen Nebenraum, wo sie in aller Ruhe ausnüchtern können. Es ist eine Art Abmachung, die zwischen Wirt und Gästen gilt: Jeder trinkt so viel, wie er will und kann. Wer trotzdem in Ausnahmefällen mehr trinkt, als er verträgt, bleibt bitte anständig und ruhig und pöbelt nicht herum. Und kotzt auch nicht im Beisein der anderen Gäste. An die Abmachung halten sich fast alle. Nach meiner persönlichen Einschätzung sind das mehr als in Deutschland, was aber vielleicht auch schlichtweg daran liegt, dass es so eine Abmachung, etwas pathetisch könnte man hier auch von einer Art Gentlemen-Agreement reden, in Deutschland nicht gibt.

Als die letzten Takte erklangen, quetschten wir uns vorsichtig zur Mitte, um nicht weiter an umstürzende halb volle Gläser denken und mit angezogener Handbremse tanzen zu müssen. Mit *Hot Stuff*, *Y.M.C.A.* und *Kung Fu Fighting* schraubte der DJ das Saturday-Night-Fever noch um einige Grad höher. Auf die Holzbänke an der Seite drängten immer mehr Tanzwütige, die unten keinen Platz mehr gefunden hatten oder eben auch nur an exponierter Stelle ihre Hüften schwingen wollten. Leute, die sich kannten, wahrscheinlich aber auch solche, die sich heute Abend oder gerade in diesem Moment das erste Mal sahen, fassten sich an den Händen und rieben ihre Pohälften im Rhythmus aneinander oder schwenkten ihre Hüften und die nach oben gestreckten Arme im Takt. Der Saal tobte.

Mit *Love is in the air* leitete der DJ erneut zum Paartanz über. Es folgten *Ma Baker* von Boney M., *When you're in love with a beautiful woman* und *Never can say good bye* und so weiter. Der DJ spielte einen Jahrhunderthit nach dem anderen. Nach Lied Nummer zehn gingen wir noch einmal an die Bar. Wir nahmen ein Wasser. Nach dem Wasser entschuldigte ich mich, um kurz die Örtlichkeiten aufzusuchen (und ließ Asia stehen). Es kam, was kommen musste. Als ich wieder zurückkam, tanzte Asia mit einem anderen. Sie sah mich. Ich machte eine gönnerhafte beschwichtigende Handbewegung und ließ die beiden weiter tanzen, während ich mich am Rand sichtbar, aber in gewisser Weise unaufdringlich an die Wand lehnte. Die beiden tanzten schön. Ihr neuer Partner war schrittsicher und machte eine gute Figur auf dem Parkett. Außerdem war er zwar nicht größer, aber wohl mindestens zehn Jahre jünger und zehn Kilo leichter als ich. Wahrscheinlich hätte ich den Zeitpunkt nicht ungünstiger wählen können, um die Toilette aufzusuchen. Als Asia die Toilette aufgesucht hatte, hatte ich höflich gewartet. Aber ich war mit Asia auch gut bedient und hatte mit ihr weiter tanzen wollen. Umgekehrt galt das ganze offensichtlich nicht in der gleichen Weise. Ich wartete höflich noch ein weiteres Lied ab und ging dann auf die Tanzfläche, um Asias neuen Tanzpartner abzulösen. Jemanden abgeklatscht hatte ich das letzte Mal wissentlich beim Abschlussball in der Tanzschule, seitdem hatte sich die

Notwendigkeit oder auch die Gelegenheit dazu nie wirklich ergeben. Jetzt war sie da, die Notwendigkeit. Etwas Muffensausen hatte ich zugegebenerweise schon. Abklatschen ist nie ganz ohne, erst recht im Ausland und als Deutscher in Polen schon gar nicht. Asia war meine Aktion ein wenig unangenehm. Wir hatten ja vorher sehr leidenschaftlich miteinander getanzt und waren uns in diesen zwei Stunden nicht nur tänzerisch sehr nahe gekommen. Andererseits tanzte sie jetzt mit ihrem Partner auch nicht schlecht, und vielleicht würde sie sich ja in zwei weiteren Stunden genauso zu ihm hingezogen fühlen wie vorher zu mir. Asia blickte mich an, rollte unschuldig ihre Augen und bat mich dann, noch einen Tanz zu warten. Ihrem Partner stieg aus verständlichen Gründen gerade die Zornesröte ins Gesicht. Ich weiß nicht, ob ich aus Höflichkeit oder Diplomatie und aus Sorge, die Faust ihres Tanzpartners könnte doch noch in meinem Gesicht landen, den Vorschlag annahm und mich wieder an den Rand der Tanzfläche begab. Der Vollständigkeit halber sei gesagt, dass Asia nach dem Ende des Liedes und auch nach dem Ende des zweiten oder dritten Liedes nicht zu mir zurückkam, um mit mir weiter zu tanzen. Etwas trotzig forderte ich eine andere junge Dame auf. Ewa war nicht ganz so hübsch wie Asia, schwarzhaarig und durchaus apart.

Ewa hatte ich beim Warten vor der Toilette beziehungsweise den Toiletten kennengelernt. Genau genommen gab es nämlich zwei Toiletten. Eine auf der linken Seite für die Herren der Schöpfung und eine auf der rechten Seite für das schöne Geschlecht. Noch genauer gesagt standen den Herren sogar zwei Toiletten zur Verfügung, weil es neben dem verschließbaren Raum mit der WC-Schüssel im Vorraum ein Pissoir direkt neben dem Waschbecken gab. Ohnehin ist es ein allgemein beobachtbares und bekanntes Phänomen, dass die Schlange vor der Damentoilette grundsätzlich und zu jeder erdenklichen Tages- und Nachtzeit länger ist als die vor dem Herrenklo aus Gründen, die ich hier nicht weiter vertiefen möchte ... Das bekannte, in Polen wie in Deutschland und auch noch anderen Orten dieser Welt bestehende Warteschlangenproblem wurde in dieser Lokalität offensichtlich auch noch dadurch verschärft, dass die insgesamt drei zur Verfügung stehenden Pinkelmöglichkeiten in ungerechter Weise auf die Vertreter der verschiedenen Geschlechtergruppen verteilt waren. Diese offenkundige Benachteiligung der Damenwelt, Frauenrechtlerinnen werden hier in Zukunft sicherlich ein neues wichtiges Betätigungsfeld finden, hätte nun auch noch weiterhin bis in die frühen Morgenstunden fortbestanden, wenn nicht einige der wartenden Damen in die Männerdomäne im sprichwörtlichen Sinne eingebrochen wären und das WC in der Herrentoilette zumindest zeitweise okkupiert hätten. So lernte ich Ewa kennen.

Ewa hatte offensichtlich gehörig Druck auf der Blase gehabt und war schon beim Warten vor der Toilette mit der Herrenschlange, namentlich mit mir, in Verhandlungen getreten. Um einen aufgeklärten Menschen mit Respekt und Hochachtung vor dem anderen Geschlecht und mit einem latent vorhandenen Verständnis für die Ziele der Frauenbewegung für eine gleichzeitige geschlechterübergreifende Toilettenbenutzung zu gewinnen, brauchte es von Ewas Seite nur wenig Überzeugungskraft. Ich willigte im Prinzip sofort ein. So betraten wir zusammen den Toilettenraum. Ewa verschwand hinter der Tür, und ich blieb im Vorraum. Höflicherweise lugte Ewa nach Beendigung ihres Geschäfts mit dem Kopf vorsichtig durch den zunächst nur leicht geöffneten Türspalt und fragte, ob sie denn schon heraustreten dürfte. Beim gemeinsamen Händewaschen hatten wir uns dann flüchtig kennengelernt und das Gespräch anschließend vor der Türe noch kurz weiter vertieft. Wir zogen in Betracht, die erprobte Kooperation bei Gelegenheit fortzusetzen.

Mit Ewa tanzte ich drei Lieder und zugegebenerweise mehr aus Trotz als aus Leidenschaft. Ich fand Ewa sympathisch. Mehr aber auch nicht. Die Tanzschritte konnten wir halbwegs koordinieren, aber in den siebten Himmel tanzte ich mit ihr nicht hinein. Ich entschied mich für einen Ortswechsel. Vorher wollte ich noch schnell nach A. sehen, an den ich in den letzten zweieinhalb Stunden nicht eine Sekunde gedacht hatte. Er wahrscheinlich auch nicht an mich. Wir taten uns in dieser Hinsicht nichts. Ich verabschiedete mich von Ewa kurz und formwahrend mit einem Wangenküsschen jeweils auf die linke und auf die rechte Seite.

Tanzen ist in Polen übrigens heute noch mit Stil und Umgangsformen verbunden. Nicht, dass ich auf Etikette allzu viel Wert lege, aber ich fühle mich zugegebenerweise schon geschmeichelt, wenn sich eine Dame am Ende des Tanzes mit einem Küsschen verabschiedet. So war es mir am Vortag widerfahren. Irgendwann zwischen Anita – die junge Dame mit der karierten Bluse – und Kasia – die 23-jährige Biologin mit perfekten Tanz-, aber bedauerlicherweise nur geringen Englischkenntnissen – hatte ich wissentlich noch mit zwei anderen jungen Polinnen getanzt, von denen sich eine später im weiteren Verlauf des Abends beziehungsweise der Nacht bei mir noch mit einem Küsschen verabschiedet hatte. Plötzlich stand sie vor mir und gab mir einen Kuss auf die Wange. Oder es war eine weitere Polin gewesen, mit der ich vermutlich auch getanzt hatte und an die ich mich wegen meiner zeitweisen alkoholbedingten Geistesabwesenheit im Nachhinein nicht mehr erinnern konnte. Überhaupt konnte ich mich nur an wenig an diesem Abend erinnern; das

meiste war wahrscheinlich in der Unend-
lichkeit meiner Gehirnwindungen für ewig
unwiederbringlich verloren gegangen oder
auch anderswie durcheinandergeraten. Der
überraschende und gänzlich aus dem Nichts
kommende Abschiedskuss war mir eigenar-
tigerweise im Gedächtnis geblieben. Es war
definitiv nicht der Kuss von Kasia gewesen.

10

Ich ging nach vorne zum Eingang und sah A., wie er sich von der blonden Frau, mit der ich ihn vor zwei oder drei Stunden zur Tanzfläche hatte gehen sehen, freundschaftlich verabschiedete. Beide hatten ihre Handys gezückt und tauschten gerade ihre Nummern aus. Vielleicht überprüften sie diese auch nur noch einmal. Ich konnte mir kaum vorstellen, dass A. jetzt erst nach der Telefonnummer gefragt hatte. Dazu kannte ich ihn zu gut. A. hatte sich eine stattliche Anzahl von Openern, Tricks und belanglosen, aber doch auf ihre Art interessant wirkenden Fragen zugelegt, mit denen er es fast immer schaffte, Frauen in ein längeres Gespräch zu verwickeln. Gerne gaben die Damen dann ihre Telefonnummer heraus, ohne dass A. sich hierum sonderlich bemühen musste. In der überwiegenden Anzahl der Fälle sprang auch noch ein Hausbesuch am gleichen Abend oder zu einem späteren

Zeitpunkt heraus. Das – gefühlt[18] – einzige Mal, dass seine Masche nicht verfangen hatte, war der gestrige Abend gewesen, als er mit Anita getanzt hatte. Da musste irgendetwas gehörig schiefgelaufen sein. Ich wusste nicht was, hatte A. auch nicht dazu befragt. Wahrscheinlich hätte er es mir auch nicht erzählt und würde mich auch weiterhin im Unklaren lassen, sollte ich doch noch um Auskunft bitten. Ich blieb in angemessenem Abstand zu den beiden und setzte mich vorne in der Nähe des Eingangs an einen kleinen Tisch. Abgesehen von der kurzen Pause draußen auf der Veranda war ich an diesem Abend noch gar nicht zum Sitzen gekommen. Die Nacht sollte noch weitergehen, mit oder ohne A., auf den ich zunächst aber warten wollte. Ich ließ diesen und den vergangenen Abend vor meinem geistigen Auge noch einmal abspielen.

Die etwas mehr als 30 Stunden, die wir bisher in Krakau erlebt hatten, waren an uns nur so vorübergerauscht. In doppeltem Sinn. Seit unserem Besuch in der Wodkaschänke zu Beginn des gestrigen Abends waren wir

---

18 Realistischerweise musste wahrscheinlich auch A. die eine oder andere Absage verkraften, aber in meiner Gegenwart war das bis auf dieses eine Mal nie vorgekommen.

beide, da spreche ich auch für A., nicht mehr richtig nüchtern geworden. Und wir hatten die verschiedensten Leute kennengelernt und sicherlich auch die eine oder andere skurrile Begegnung gehabt. Die Kontakte waren letztendlich alle recht flüchtig gewesen, Versuche, den Moment länger festzuhalten, waren von uns teils nicht ernsthaft unternommen worden und in anderen Fällen ebenso wenig von Erfolg beschieden. Die Ereignisse reihten sich wie in einem Film aneinander, ohne dass der Zuschauer ihn anhalten oder besonders schöne Szenen langsamer ablaufen lassen kann. Nach fünf Minuten ist eine Szene durch und die nächste an der Reihe. Erst nach dem Filmende hat der Zuschauer Zeit, vorausgesetzt er nimmt sie sich, sich einzelne Szenen noch einmal in Erinnerung zu rufen und darüber nachzudenken.

Ich kam nicht dazu. Julia T. lief von der Theke hinüber zum Eingang, um dem Herrn an der Kasse eine Cola zu bringen. Dabei wackelte sie ein wenig mit dem Oberkörper, streckte die Brust leicht heraus und hielt den Kopf still. Mit ihren Augen fixierte sie offensichtlich das Glas. Ich hatte Julia ganz vergessen gehabt. Jetzt hatte ich sie wieder vor Augen: Julia Timoschenko, meine frühere Beziehung mit der ukrainischen Studentin, meine Besuche in Kiew, unsere Reise mit dem Nachtzug auf die Krim, die romantischen Badeausflüge nach Gursuf, das damals touristisch noch nicht erschlossen war, die orangene Revolution mit eben jener echten Julia Timoschenko an der Spitze, das Scheitern des Umbruchs vor allem wegen des Zerwürfnisses zwischen Julia Timoschenko und Viktor Juschtschenko, die bittere Armut großer Teile der Bevölkerung, die Tristesse des postsozialistischen Alltags, die eingeschränkte Meinungsfreiheit, die Verfolgung von nicht auf Linie schreibenden Journalisten und die Versuche, missliebige Elemente und Andersdenkende durch Gift oder fingierte Verkehrsunfälle auszuschalten. All das war jetzt wieder präsent, nur weil Julia T., die mit richtigem Namen Ania hieß, vorbeihuschte. Als Julia wieder zurück zur Theke ging, folgte ihr mein Blick und wanderte dann verschwommen auf die Tanzfläche. Ich sah Asia, wie sie immer noch mit dem jungen Polen tanzte, der sie leidenschaftlich führte und drehte, schrittsicher, ausdrucksstark, im Takt zur Musik. Für einen Moment verweilte ich mit meinen Gedanken bei Asia. Wir hatten nicht nur rein objektiv, sondern auch gefühlt[19] sehr harmonisch getanzt. Auch wenn ich keine Pläne für die Zukunft oder den kommenden Morgen ersonnen hatte, ich hatte mir nicht vorstellen können, dass unsere Bekanntschaft solch ein abruptes Ende findet. Mein Toilettengang bildete sozusagen die Zäsur des Abends. Von meinem Platz aus konnte ich gut den Tisch erkennen, an dem A. und ich am Abend zuvor mit Marek, Woitek, Piotr, Ana, Ewa und Małgorzata auf die deutsch-polnische Verständigung getrunken und an dem wir auch am heutigen Abend zunächst Platz gefunden hatten. A. war dort mit Tadeusz und Marzena zuerst zögerlich, dann umso intensiver ins Gespräch gekommen und war

---

19 Was Asia gefühlt hatte, wusste ich natürlich nicht. Ich dachte nur, ich hätte gewusst, was sie gefühlt hatte. Aber das ist nicht dasselbe: Zu denken, was jemand anderes fühlt, ist nicht wissen, was jemand anderes fühlt. Und zu wissen, was jemand anderes fühlt, ist ohnehin unmöglich. In dem Moment beziehungsweise in den Stunden, als wir zusammen getanzt hatten, war ich jedenfalls der Illusion erlegen, Asia und ich würden das gleiche füreinander fühlen. War wohl nicht so.

schließlich überraschend von Marzena zum Tanz eingeladen worden. Genaueres wusste ich nicht. Insbesondere wusste ich nicht, warum A. nicht bei den beiden geblieben war. Möglich, dass Marzena und Tadeusz danach verstärkt die Zweisamkeit gesucht hatten und A. nicht stören wollte. Vielleicht hatte A. aber auch deshalb den Rückzug angetreten, weil die beiden sowieso ein Paar waren und sich für ihn deshalb hier kein wirklicher Ansatzpunkt zur Akquisition ergab. Wahrscheinlich hatte A. hier an diesem Tisch später auch die Blonde kennengelernt, mit der er gerade noch am Eingang gestanden und von der er sich dort verabschiedet hatte.

A. kam jetzt auf mich zu und setzte sich auf den noch freien Stuhl auf der anderen Seite des kleinen Tisches. A. hatte zwei Bier mitgebracht und begann zu erzählen: Nachdem Marzena mit ihm einige Lieder getanzt hatte, waren die beiden an den Tisch zurückgekommen. Soweit hatte mich A. bekanntlich vorher schon in Kenntnis gesetzt. Etwas später hatte ich die drei wieder verlassen. A. hatte nun eine Weile gedacht, dass Marzena mit ihm flirten wollte. Klar, sie hatte mit ihm getanzt, weil

A. den Wisniowka ausgegeben hatte und Tadeusz A. verständlicherweise nicht selbst zum Tanzen auffordern konnte oder wollte. Und selbst wenn Tadeusz gewollte hätte, hätte A. wahrscheinlich nicht gewollt. Seltsam wäre es allemal gewesen, wenn A. und Tadeusz zusammen getanzt hätten. Nicht zu vergessen, dass man in Polen war. Selbst wenn also A. und Tadeusz gerne zusammen getanzt hätten, was sie vermutlich nicht wollten, hätten sie das wahrscheinlich vor dem Hintergrund der in Polen weit verbreiteten gesellschaftlichen Ausgrenzung gleichgeschlechtlicher Beziehungen vermutlich ohnehin nicht getan. Vielleicht fand Marzena A. aber auch ganz attraktiv und hatte ihrem Begleiter Tadeusz deswegen und nur als Vorwand erklärt, dass man jetzt nach den ausgegebenen Wisniowka-Runden als Zeichen der Gastfreundschaft und Dankbarkeit mit A. tanzen müsste. Das könnte wiederum nur sie und nicht Tadeusz selbst.

Für diese zweite Interpretation erwärmte sich nun A. Schließlich hielt sich A. selbst für unwiderstehlich. Nach A.s Meinung war die Einladung zum Tanz zwar grundsätzlich wie schon erwähnt aus Dankbarkeit erfolgt, aber sicherlich und vor allem auch dadurch befördert, dass A. in jeder erdenklichen Sekunde Coolness ausstrahlte und eben dieses unnachahmliche Winner-Face aufsetzte, auf das zumindest ein Großteil der Frauen abfährt. In diesem Glauben blieb A. daher noch einige Zeit bei dem Pärchen sitzen und hoffte Marzena wenigstens temporär für sich gewinnen zu können. Nach einiger Zeit hatte A. sich dann von den beiden abgewandt und sich mehr zu der anderen Seite des Tisches hin orientiert. Hier saß Renata, die besagte Blonde mit der mittellangen Schröder-Köpf-Frisur. Renata war mit einem Freund gekommen, der sich im Laufe des Abends beziehungsweise des Gespräches als guter, aber nicht zu enger Bekannter von ihr entpuppte.

A. hatte das Gespräch wieder über das Getränk forciert, das die beiden, Renata und ihr Bekannter, tranken. Die beiden sprachen fließend Englisch. Es gab keine Verständigungsprobleme. Die zwei kamen selten in den Club und hatten sich nun just an diesem Abend daran erinnert, dass man in dieser Lokation gut tanzen konnte. Das hatten sie irgendwann vor längerer Zeit schon einmal hier getan. Die Stimmung wäre auch jedes Mal gut, so dass man und frau gleichermaßen gut von den Problemen des Alltags abschalten könnte. Als A. sein Bier ausgetrunken hatte, war ihm die Idee gekommen, die beiden auf einen Wodka einzuladen. So hatten er und ich das am vorigen Abend schließlich kennengelernt. Unbestritten waren wir auch über den Wodka gut mit besagter Gruppe am Vortag ins Gespräch gekommen. Gleiches wollte A. nun an diesem Abend auch versuchen beziehungsweise noch einmal versuchen, denn auch die vorherige Unterhaltung mit Tadeusz und Marzena war über den Wisniowka eingeleitet worden. A. verließ also kurz den Tisch und kam nach einer Weile mit einer Halbliterflasche und drei Gläsern in Shotgröße zurück.

An der Theke bediente bekanntlich Julia T., der A. inzwischen auch vertraut war. Ob A. Julia T. nun auch Julia nannte, weiß ich nicht. Wahrscheinlich nannte er sie gar nicht beim Namen. Ich hatte ihm nicht davon berichtet, dass sie mich stark an Julia Timoschenko erinnerte und über diesen Umweg eben auch an meine verflossene Liebe. Wahrscheinlich wusste A. auch nicht, dass Julia mit richtigem Namen Ania hieß.

A. stellte die drei Gläschen vor sich auf den Tisch und goss gleichmäßig und natürlich bis zum Anschlag ein. Dann schob er zwei der Gläser zu Renata und ihrem Bekannten und prostete mit seinem Glas den beiden zu. A. wollte gleich wieder nachschenken, doch Renata und auch ihr Bekannter hielten ihre flache Hand über das geleerte Glas und sagten A., dass sie keinen weiteren Wodka trinken wollten. Eigentlich tränken sie gar keinen Wodka. Den einen hätten sie aus Höflichkeit und Gastfreundschaft getrunken. Aber den zweiten müssten und würden sie ablehnen. A. berichtete nun davon, wie wir am Vortag die Gruppe kennengelernt hatten und dann unverhofft und am Schluss auch ungewollt zum Mittrinken eingeladen worden waren. Wir hätten am Schluss auch nur noch der Höflichkeit wegen mitgetrunken. Schließlich hätten wir den Eindruck bekommen, dass in Polen von allen und zu jeder passenden Gelegenheit und zumindest dann, wenn gefeiert wurde, Wodka getrunken würde. A. bezog mich hier ungefragt mit ein, als er wir sagte, dabei wusste er gar nicht, welcher Eindruck bei mir am Vortag entstanden war. Wahrscheinlich hatte er sogar Recht. Ich hatte ihm in der Tat im Vorfeld unserer Reise einiges über Polen erzählt und natürlich auch die Geschichten über die Trinkgelage nicht ausgespart. Insofern war ich nicht ganz unschuldig, wenn sich bei A. der Eindruck verfestigt hatte, es würde praktisch zu jeder Gelegenheit eine Wodkaflasche hervorgeholt.

Renata bestätigte, dass in Polen und bei fast jedem Anlass mit Wodka angestoßen würde, aber es würden längst nicht alle dabei mitmachen. Es gäbe mittlerweile eine wachsende Anzahl von Polen, vor allem natürlich Frauen, die sich der alten Tradition und Unsitte verweigerte. Renata und eben auch ihr Bekannter wären jedenfalls aus dem Alter heraus, wo man der Sauferei allzu unkritisch gegenüberstände.

A. stand beziehungsweise saß nun mit der noch drei viertel vollen Flasche ziemlich allein da. Renata und ihr Bekannter waren natürlich noch zugegen und unterhielten sich auch weiterhin angeregt mit A., wollten ihm aber beim Leeren der Flasche partout nicht helfen. So goss sich A. die nächsten beiden Runden notgedrungen alleine ein. Renata und der Bekannte von ihr waren zwischenzeitlich kurz tanzen gegangen, kamen aber recht schnell wieder. Sie sagten, die Musik wäre nicht ihr Stil. In der ihm eigenen Art konnte A. nun die beiden dazu überreden, eine weitere, wenn auch kleine Runde mit halb gefüllten Gläsern mitzutrinken. Dann fühlte sich A. mutig genug, um Renata zu fragen, ob sie mit auf die Tanzfläche käme, und Renata fühlte sich ausreichend locker, um das Tanzangebot anzunehmen. Offensichtlich hatte das zweite Glas Wodka seine Wirkung nicht verfehlt. Die Tanzerei mit ihrem Bekannten war wohl auch mehr aus Pflicht und Höflichkeit erfolgt und weniger der Leidenschaft für das Tanzen wegen oder aus gegenseitiger Zuneigung.

A. und Renata hatten zuerst auseinander getanzt. A. hatte im Laufe des Wochenendes noch keine Fortschritte im Bewegungsablauf gemacht, und so ist anzunehmen, dass A., auch wenn er sagte, er hätte getanzt, eher ein wenig mit den Fußspitzen herumwippte und vielleicht abwechselnd mal das linke und mal das rechte Bein stärker belastete. Dafür konnte sich A. grundsätzlich mehr auf die Sprüche konzentrieren, die er seinen Zielobjekten ins Ohr flüsterte. Was er dabei sagte, hatte ich bis auf einige Ausnahmen nie erfahren. A. behielt sein Erfolgsrezept für sich. Mir schien es so, als ob A. den Satz stets erst etwas leiser sagte, damit die Damen noch einmal nachfragen mussten, und dann einfach näher an das Ohr heranging. Im Idealfall konnte er mit seinen Lippen das Ohr der Tanzpartnerin leicht und unaufdringlich berühren, in jedem Fall konnte er eine Geruchsprobe des Haarshampoos oder des Parfums nehmen. Daraus ergaben sich dann weitere Gesprächsansätze.

A. kam nun auf der Tanzfläche mit Renata näher ins Gespräch. Renata erwähnte gleich zu Anfang, dass ihr Bekannter eben nur ein Bekannter wäre und nicht ihr Freund. Man würde sich schon länger kennen. Beide wären in einer ähnlichen Situation. Ihr Bekannter lebte schon länger getrennt, sie wäre erst vor acht Monaten bei ihrem Ex ausgezogen. Wegen der beiden Kinder, 12 und 15, ginge sie selten abends weg, eigentlich gar nicht.

Sie hätte sich auch erst mal wieder daran gewöhnen müssen, abends wegzugehen. Das wäre jetzt erst das dritte Mal. Einmal wäre sie schon mit ihrem Bekannten hier gewesen. A. hatte Renata wieder auf ihre Haare, genauer gesagt auf das Shampoo, angesprochen, und später, als sie wiederholt auf ihr nicht mehr ganz jugendliches Alter anspielte, ihre zarte und weiche Haut gepriesen. Das hatte er mir nicht im Einzelnen geschildert. Zu vermuten ist, dass er zunächst ihre Haare vorsichtig in die Hand nahm und sie prüfend vorsichtig zu seiner Nase führte. Später wird er sein Geruchsorgan an ihre Schulter und an ihren Hals gedrückt haben, um dann eben jenes Kompliment über die Jugendlichkeit und Reinheit ihrer Haut aussprechen zu können. Renata trug eine schulterfreie Bluse und so hatte sich A. schon am Tisch von ihrer Attraktivität und auch der Zartheit ihrer Haut sowie ihrer äußeren Unverbrauchtheit überzeugen können.

A. und Renata hatten noch einige Zeit getanzt und waren später wieder an den Tisch zurückgekehrt. Irgendwann im Laufe des Abends hatte sich der Bekannte verabschiedet, weil er die beiden, die verliebt und einander zugetan schienen, nicht stören wollte und sich mit fortschreitender Zeit bei den Gesprächen – so sie denn überhaupt noch stattfanden – mehr und mehr außen vor gelassen fühlte.

A. berichtete nicht in allen Einzelheiten, worüber sie sich noch am Tisch unterhalten und was sie getrunken hatten. Wir müssten auf jeden Fall am nächsten Tag um zwölf bei der kleinen Kirche auf dem Rynek sein. Da wollte uns Renata treffen und mit uns eine kleine Stadtführung veranstalten. Das war ein guter Vorschlag. Schließlich hatten wir außer dem Stadtteil Kazimierz und am ersten Tag kurz dem Rynek nichts weiter gesehen von Krakau. Unser Aktionsradius erstreckte sich seit zwei Nächten und einem Tag mehr oder weniger auf einen halben Quadratkilometer, nämlich die beiden Kneipen am Plac Nowy und eben dieses Tanzlokal, wo wir jetzt waren, sowie unsere Unterkunft, die auf halber Strecke zwischen Kazimierz und dem Rynek lag. Wir tranken unser Bier aus und wollten über den kleinen Marktplatz zum Singer, von dem ich A. erzählt und das ich ihm im

Vorbeigehen auch schon kurz gezeigt hatte. Unterwegs wollten wir einen kleinen Stopp bei Endzior machen und uns für die weitere Nacht etwas stärken.

II

Endzior klappte gerade die grünen Fensterläden seines Standes zu. Die letzten Zapiekanki waren vermutlich vor wenigen Minuten über den Ladentisch gegangen. Draußen standen noch einige seiner Gäste. Mit und ohne Zapiekanki. Wir waren nicht wirklich hungrig, aber etwas Festes im Magen, bevor es mit dem Trinken und Feiern weiterging, hätte nicht schaden können.

Das Singer schien auch heute Abend gut besucht zu sein. Die Stühle draußen waren fast alle belegt, 20 bis 30 Personen standen auf dem Trottoir und auf der Straße, weil sie keinen Sitzplatz mehr gefunden hatten oder weil sie so einfach beweglicher und nicht so sehr auf einen oder zwei Gesprächspartner fixiert waren. Auch mit den Neuankommenden konnte man so besser ins Gespräch kommen. Und es kamen ständig irgendwelche Bekannte auf der Straße vorbei oder aus dem Eingang des Singers heraus, mit denen man noch nicht gesprochen hatte. A. und ich kannten hier keinen und so sprach uns natürlich auch niemand an. Wir wollten zunächst die Getränkeversorgung sicherstellen. Dann könnten wir uns (wenigstens) am Glas festhalten. Drinnen war es übersichtlicher als am Tag zuvor, viele standen draußen und würden später die Innenräume füllen. Der Vorraum war nur spärlich belegt. Der Hauptraum war schon etwas voller, auch weil hier die Theke stand und die Musik spielte. Beim Warten unterhielt ich mich mit A. Eine blonde Frau um die 30 und so groß oder so klein wie ich (aber natürlich schlanker und hübsch), die offensichtlich zu einer Gruppe gehörte und nah bei der Theke stand, blickte mehrfach zu uns herüber. Es schien so, als ob sie Deutsch verstünde. Als ich wieder etwas zu A. gesagt hatte, sah ich ein Schmunzeln auf ihrem Gesicht. Ich lächelte zurück und fragte in Polnisch, ob sie Deutsch spräche. Martha sprach fließend Deutsch.

Wir waren mit unserer Bestellung an der Reihe. Ich orderte zwei Żywiec. Danach stellten wir uns zu Martha. Ich fragte, wo sie denn so gut Deutsch gelernt hätte. Martha erklärte, dass sie schon in der Schule über drei Jahre

Deutsch gewählt hatte. Später im Studium der Kulturwissenschaften hätte sie die Sprache als Nebenfach belegt. Jetzt wäre sie bei der Stadt Krakau beschäftigt. Ich sagte, dass wir aus Frankfurt kommen und zwischen Frankfurt und Krakau eine Städtepartnerschaft besteht. Martha wusste das selbstverständlich und bedauerte, dass sie in einem anderen Bereich arbeitete. Mit der Pflege der Städtepartnerschaften hätte sie leider nichts zu tun. Eine Freundin von ihr wäre aber für die Pflege der Beziehungen zu Frankfurt zuständig und nähme auch regelmäßig am Austausch teil. Ich erzählte von der Deutsch-Polnischen Gesellschaft, deren Mitglied ich war, deren Vereinsmitglieder auch regelmäßig nach Polen fuhren. Ich erwähnte einige wichtige Personen dieser Gesellschaft, die Martha aber nicht kannte. Und auch Martha nannte zwei oder drei Personen. Die nähmen regelmäßig an dem Austauschprogramm teil. Deren Namen sagten mir wiederum nichts. Ich hatte an diesem Abend schon einiges Alkoholisches zu mir genommen, wenn auch bei Weitem nicht die Menge des vorangegangenen Abends. Was Martha anging, wusste ich nicht, wie viel sie genau getrunken hatte, aber es war offenkundig, dass auch sie nicht mehr nüchtern war. Allein schon der fortgeschrittenen Stunde wegen war davon auszugehen, dass Martha den Zustand der Nüchternheit bereits vor einiger Zeit verlassen hatte. Wir befanden uns damit beide in einem Zustand, in dem es nicht mehr so sehr darauf ankommt, dass die Dinge genau zusammenpassen. Wir hatten das Gefühl, wir würden uns kennen. Dabei kannten wir uns natürlich nicht, und wir hatten uns an diesem Abend auch noch nicht so viel erzählt und so sehr ausgetauscht, dass dieses Gefühl auch nur ansatzweise begründet gewesen wäre. Aber das störte mich nicht und Martha vermutlich ebenso wenig. Wir hangelten uns von der einen Nebensächlichkeit zur nächsten und waren uns einig, wenn wir auch nicht genau wussten, worüber eigentlich. Schließlich fragte ich Martha, ob wir tanzen sollten. Die Harmonie, die sich im Gespräch gezeigt hatte, wollte sich beim Tanzen jedoch nicht einstellen, und so kehrten wir nach einigen Minuten zu den anderen zurück. Wir unterhielten uns einfach weiter. Ich bemerkte allerdings bei mir, dass meine Aufmerksamkeit für das Gespräch mit Martha nachließ und gleichzeitig mein Interesse für die Musik wuchs. Ich hatte die Musik bis jetzt gar nicht bewusst wahrgenommen, auch wenn ich unbestreitbar versucht hatte, mit Martha zu tanzen. Im Nachhinein betrachtet, ist es sehr gut möglich, dass ich schlecht und in jedem Fall nicht passend zur Musik geführt hatte und sich allein schon deshalb keine Synchronität der Bewegungen zwischen Martha und mir hatte herstellen lassen. Andererseits schien mir Martha gelinde gesagt auch etwas steif in ihrem Bewegungsablauf. Es ist müßig, über die genaue Ursache nachzudenken. Ich tat es in jenem Moment jedenfalls nicht.

Die Musik war sinnlich. Heute – oder zumindest seit unserer Ankunft im Singer – wurde kein Ska gespielt. Alles war jazzig, swingig, im Stil der 20er und 30er, aber kein Charleston, dazwischen ein bisschen Art Tango Argentino. Und *Taniec Eleny*, die Filmmusik zu dem Film *Bandyta*, einer mittelmäßigen deutsch-polnisch-französischen Co-Produktion von 1997. Ich konnte die Musik zu diesem Zeitpunkt nicht genau einordnen.

In Deutschland hatte ich diesen Musikstil noch nicht gehört. In keinem Club und auch nicht im Radio. Allenfalls in alten Filmen war mir die Musik bisher untergekommen, dann aber in ihrer Originalversion und mit dem unverwechselbaren Knistern, Knacken und Rauschen im Hintergrund. Und dann eben dieses *Elenas Tanz*. Vielleicht zart melancholisch, verträumt, dann schneller werdend. Das Motiv wiederholte sich und lud – fröhlicher werdend – wie beim Sirtaki zum Unterhaken ein oder zum paarweisen abwechselnden Links- und Rechtsherumdrehen mit untergehakten Armen.

Am Vortag hatte ich schon das Gefühl gehabt, in eine andere Welt einzutauchen. Vielleicht in die 20er oder die 30er Jahre?[20] Kein Geld oder wenig davon und einfach zu der wahnsinnigen Musik tanzen. Ungezogen und frech, aber doch mit Stil. Das ganze Arrangement stimmte: das Interieur mit den alten

---

20 Es war wohl vor allem Elektroswing im Stil der 20er und 30er Jahre, der hier gespielt wurde, aber natürlich auch einige Originalversionen. Eine gute Vorstellung des Musikstils liefern Cinnemon Girl von Dunkelbunt, I've got the Tune von Chinese Man, Sweet Georgia Brown im Original von Ben Bernie oder als brasslastiger Remix und einige Titel von Parow Stelar.

Stühlen und Tischen, die purpurrote Farbe des Raumes, die durch Tapeten und Vorhänge zusammen mit den matt scheinenden Wandleuchtern entstand, die Musik, die Leute. Wer tanzte, tanzte mit Leidenschaft, als wäre es der letzte Tanz. Wer hier war, dachte nicht an morgen. Wer auf dem Tisch tanzte, tanzte gefährlich nah am Abgrund beziehungsweise an der Tischkante.[21] Wer trank, dachte nicht an die Kopfschmerzen am Morgen und den verschenkten Tag oder die Zeit über der Kloschüssel, die zwangsläufig kam. Wer hier tanzte, dachte nicht an den Freund oder die Freundin zu Hause, an den Ärger, wenn herauskäme, wie sich fremde Körper erotisch

---

21 Ich habe während meiner inzwischen zahlreichen Besuche im Singer nur ein einziges Mal zwei Personen vom Tisch herunterfallen sehen. Alle anderen – mich eingeschlossen – blieben oben. Das gefallene Pärchen bestieg den Tisch anschließend von Neuem, um nach einer Weile wieder und vermutlich unbeabsichtigt in die unten tanzende Menge zu stürzen. Der Vorgang wiederholte sich noch ein weiteres Mal. Erst nach dem dritten Sturz wurden die beiden gewahr, dass Tischoberfläche und Boden nicht die gleiche Höhe hatten und dass ein Weitertanzen über die Tischkante hinaus zwangsläufig zum Sturz führte. Die betroffenen beziehungsweise getroffenen Gäste nahmen den Fall der beiden gelassen, zumal sich niemand verletzt hatte, waren aber gleichwohl ob der Ignoranz der Traumtänzer nachhaltig verwundert.

berühren und umklammern und Lippen aneinanderpressen. Wer hier tanzte, tanzte für den Augenblick. Man gab sich für den einen Tanz hin, den ganzen Abend, die ganze Nacht, je nachdem, wann die Erinnerung sich zurückmeldete.

Irgendwie schien alles erlaubt.

Ich klopfte mit meinen Füßen zum Takt. Die Musik in Verbindung mit den netten Leuten um mich herum und den Spuren von Alkohol in meinem Blut brachte mich in Stimmung. Gefühlt hätte ich sofort lostanzen können. Ich setzte die Unterhaltung mit Martha aber einstweilen fort.

Zu der Gruppe gehörten neben Martha drei ungefähr gleichaltrige Herren und eine weitere Frau. Knapp unter 1,80 und über 30. Mit schwarz gelocktem Haar, das hinten mit einem Gummi zusammengebunden war. Von schlanker Figur, aber nicht dürr. Mit ihrem Sommerkleid in zartem Pastellgrün versprühte sie etwas wie mediterranes Flair. Sie stand auf der anderen Seite des Ovals, das wir zwischenzeitlich gebildet hatten und wippte unablässig mit ihren Füßen.

Wir hatten uns einige unverbindliche Blicke

zugeworfen. Zu einer Unterhaltung war es bislang nicht gekommen; Martha hatte ihre Freunde nicht vorgestellt. Etwas später trafen sich unsere Augen. Ich reichte ihr meine Hand und zog ihre leicht zu mir herüber. Mit dem Rücken stand ich zur Tanzfläche und mit den Fersen im Grunde genommen ohnehin auch schon darauf. Wir schoben uns noch ein kleines Stück in die Mitte und begannen zu tanzen. Zunächst auseinander. Trotzdem bewegten wir unsere Körper und insbesondere unsere Hüften synchron.

Sie hieß Dorota und war eine Freundin von Martha. Dorota tanzte sehr körperbetont. Es dauerte nicht sehr lange, dass ein langsames Stück kam, irgendetwas, das man anfangs wie einen Tango Argentino tanzen konnte: langsam, nah, kraftvoll und mit starker Körperfühlung und Dominanz des männlichen Parts. Es war kein Tango Argentino, gefordert waren aber Inspiration und Elemente des freien Tanzes. Vielleicht war es wieder dieses *Taniec Eleny*, das im Laufe der Nacht öfter gespielt wurde und zumindest die weiblichen Gäste zu vollkommen entrückten Bewegungen hinriss. Normalerweise liebe ich vorgegebene Schrittfolgen, an die ich mich klammern und die ich souverän abtanzen kann. Das war in diesem Fall gänzlich anders. Wahrscheinlich hatte sich der Geist des Alkohols auf meinen übertragen und die Blockaden gelöst. Dorota und ich tanzten mehr oder weniger vollkommen enthemmt. Ich fühlte mich in diesem Augenblick wie Patrick Swayze in *Dirty Dancing* und Dorota wie Jennifer Grey oder so, wie wir dachten, dass sich Johnny und Frances gefühlt haben müssen. Für Außenstehende muss es fast so ähnlich ausgesehen haben, wenn auch weitgehend die tänzerische Perfektion fehlte. Dorotas Freund war jedenfalls nach einigen Takten und enthemmten Tanzfiguren an Dorotas Seite erschienen, um ihr seine Missbilligung zu zeigen. Zorn und Eifersucht waren ihm ins Gesicht geschrieben. Ich war schon fast bereit aufzugeben, schließlich hatte ich bis vor zehn Minuten nichts von Dorota gewollt, aber Dorota wollte weiter tanzen und gab ihrem Freund dies deutlich zu verstehen. Mit einer Handbewegung signalisierte sie ihm, dass er verschwinden sollte. Irgendwie hatte sie auch bemerkt, dass ich nicht Opfer von Eifersüchteleien werden wollte und beruhigte mich dahingehend. Ihr Freund, womöglich ihr Mann, würde jetzt Ruhe geben.

Wir setzten unseren Tanz mit ungebremster Leidenschaft fort. Ich fand Dorota außerordentlich attraktiv, wenn auch ein paar Zentimeter zu groß für mich. Aber ich wollte sie ja nicht heiraten, sondern nur einen netten Abend haben und mit ihr tanzen. Sie duftete verführerisch gut. Ich war von ihrem Duft mit jedem Atemzug und von der Ekstase ihres Tanzes bei jeder weiteren erotischen Berührung mehr und mehr fasziniert. Gefühlt war ich kurz vorm Wegtreten wie bei einem Vollrausch, wenn sich alles beginnt zu drehen und die Farben bunt und grell werden. Wegtreten durfte ich in diesem Augenblick auf keinen Fall! Dann wäre ich Dorota los gewesen und der Abend zu Ende. Ich blieb also Herr des Verfahrens.

Wir tanzten so noch bis um kurz nach vier, bis ich Dorota ihrem Freund, der wohl mehr ihr Mann war, zurückgab. Er hatte sich inzwischen auch wieder beruhigt und freute sich, dass ich ihm seine Partnerin unverletzt und unbegrapscht zurückbrachte. Zusammen nahmen wir noch einen Wodka und bestellten zusätzlich drei Kaffee, die wir mit nach draußen nahmen.

Die Gäste verteilten sich mittlerweile wieder gleichmäßig auf drinnen und draußen. Gegen halb vier war es im Singer noch einmal mächtig voll geworden. Dann schließen die meisten der umliegenden Kneipen oder leeren sich so weit, dass es für die Verbliebenen dort langweilig wird. Alles, was noch stehen und trinken kann und noch nicht genug hat, strömt dann zum Singer, um hier die Nacht ausklingen zu lassen oder in den neuen Tag zu starten.[22]

Wir setzten uns auf die Ecke der Ulica Estery/Ulica Izaaka. Hier war am meisten Platz. Zwei kleine Tische waren zusammengeschoben und an die zehn Stühle. Es kamen dann auch Martha und einige andere zu uns an den Tisch, die ich aber nicht kannte. Wir unterhielten uns über dies und jenes. Irgendwel-

---

22 Ich selbst verlasse das Singer bei guter Stimmung immer zwischen fünf und sechs Uhr morgens. Von der Wirtin unserer Herberge weiß ich, dass man allerdings auch noch um acht etwas zu trinken bekommt. Ihr Mann wäre erst kürzlich um diese Zeit noch im Singer unterwegs gewesen. Wann aufgeräumt wird, ist mir bis heute ein Mysterium, denn um zehn gibt es schon wieder den Frühstückskaffee.

che Spanier hatten sich eine Tüte gedreht, die dann kreiste. Aus Solidarität nahm ich einen kleinen Zug. Der Abend war lustig genug gewesen, da musste ich nicht nachhelfen. Außerdem wollte ich mich auch noch mit Dorota, Martha und Woitek unterhalten. Woitek war der Mann von Dorota. Es ging ein wenig durcheinander. Woitek und Dorota sprachen mit mir Englisch. Martha konnte Englisch, wollte aber lieber Deutsch sprechen. Zwischendurch rief Dorota den Spaniern in ihrer Landessprache noch mal etwas zu, worauf diese ihr einen neuen Joint drehten. Da ich nach dem Wodka und dem Kaffee Durst bekommen hatte und mich total dehydriert fühlte und wahrscheinlich auch partiell entalkoholisiert war, holte ich drinnen noch einmal fünf Bier. Das fünfte gab ich der Spanierin, die zu uns herübergekommen war und sich vor allem mit Dorota unterhielt. Über das Bier kamen wir, die Spanierin, sie betonte immer Baskin, und ich, ins Gespräch und beschlossen schließlich, wieder nach drinnen zu gehen. Wir sind dann direkt auf den Tisch gestiegen, der frei war, und tanzten irgendetwas. Ich musste aufpassen, dass

Arantxa nicht herunterfiel. Frauen wollen sich ja manchmal fallen lassen, vor allem wenn sie zu viel Alkohol getrunken haben oder sonst wie stimuliert sind. Arantxa kam aus Bilbao. Ich erzählte ihr, dass ich schon im Baskenland in einem Badeort war, wo an jedem zweiten Haus mindestens eine baskische Fahne hänge. Außerdem erzählte ich von den Picos de Europa. Die kannte sie natürlich, auch wenn die Picos in Asturien liegen. Wir sprachen über Autonomie und die ETA und über Chorizo und das gute Essen auf den Berghütten. In ihren ersten Semestern wäre sie mal dort gewesen. Ich sagte, dass auf den Hütten abends immer geraucht wird. Da wären sowieso total die Cracks. Höhlenforscher, Steilwandkletterer, Insekten- und Vogelfänger. Auf Malle würde man solche Leute nie kennenlernen. Arantxa erzählte dann noch irgendetwas von Aznar, der die Bombenanschläge auf die Madrider Vorortzüge aus wahlkampftaktischen Gründen der ETA in die Schuhe schieben wollte. Ich konnte mich daran erinnern und sagte das, musste mich aber mehr auf unsere Tanzfläche konzentrieren und insbesondere auf die Tischkante. Ich wusste noch, dass es am Ende der Tischkante nach unten ging.

In einem Augenblick, in dem ich nicht allzu sehr auf das Ende der Tischplatte achten musste, erblickte ich A., der an die Theke gekommen war. Es gab keine große Warteschlange mehr. Die Leute tranken jetzt deutlich langsamer, wahrscheinlich weil auch Polen nicht unbegrenzt Alkohol vertragen. Von wo A. plötzlich gekommen war, wusste ich nicht. Anfangs hatte er noch bei der Gruppe von Martha gestanden, dann war er aber verschwunden gewesen. Ich hatte nicht nach ihm gesucht und – wenn ich ehrlich bin – auch gar nicht daran gedacht, ihn zu suchen. Morgen würde er mir seine Geschichte erzählen. Ich konzentrierte mich wieder auf den Tisch und die Musik. Und Arantxa.

Arantxa war mit einigen Freunden für ein verlängertes Wochenende mit einem Billigflieger nach Krakau gekommen. Bei aller ökologischer Unsinnigkeit der Vielfliegerei muss man doch die verständigungs- und friedensstiftende Bedeutung der Billigflieger uneingeschränkt anerkennen. Die Menschen in Europa lernen sich kennen. Es ist manchmal schon ein großer Vorteil, wenn man zusammen trinkt und tanzt. So etwas wie Erzfeindschaften konnten in der Vergangenheit ja auch deshalb entstehen, weil die Völker der Propaganda ihrer Regierungen vollkommen ausgesetzt waren. Nicht auszudenken, wenn die Menschen in der ersten Hälfte des 20. Jahrhunderts die Möglichkeit gehabt hätten, mit dem Flieger nach Krakau oder Russland zu fliegen und die Menschen dort kennenzulernen und die Frauen zu lieben. Die Geschichte wäre möglicherweise ganz anders verlaufen.

Der Hauptraum hatte sich inzwischen fast geleert. Vereinzelt kamen die Leute noch herein, um etwas zu trinken zu bestellen. Unten, also auf der eigentlichen Tanzfläche, tanzte niemand mehr. Am hinteren Raumende, wo die Bistrotische standen, saßen K. und eine seiner Gespielinnen. Beiden war die Müdigkeit körperlich anzusehen. Der Kopf von K. sackte immer wieder nach unten Richtung Brust, wenn er kurz einnickte. Die Frau hatte ihren Kopf in seinen Schoß gelegt und döste vermutlich. Gelegentlich strich ihr K. durch das Haar oder über die Brust. Wie gesagt, wenn er nicht selber gerade vom Sekunden-schlaf übermannt wurde.

Wir entschieden uns, nach draußen zu ge-hen. Ich half Arantxa vom Tisch herunter, wie es sich höflicherweise gehört, wenn der Tanz beendet ist. Arantxa wollte einen Toma-tensaft. Ich nahm mir einen Kaffee mit. Die letzte halbe Stunde waren wir die Einzigen gewesen, die getanzt hatten. Der Raum hatte sich im Grunde geleert. Die Szene hatte schon etwas Bizarres gehabt. K. und seine Freundin dösten vor sich hin. Hinter der Theke wurden die Bestellungen im Zeitlupentempo ausge-führt. Und wir waren auf dem Tisch gewesen (obwohl unten auf der Tanzfläche gar keiner mehr tanzte und alles frei war) und hatten auch noch eine Weile weitergetanzt, als die Musik längst abgedreht war.

Der Kaffee weckte mich noch einmal kurz-fristig auf. Meine Beine waren müde, allein im Kopf kreisten die Gedanken. Bunte grelle Blitze schossen mir durch das Hirn. Mein Kopf kam mir in diesem Augenblick wie ein Flipperautomat vor. Wenn die Kugel ein Ziel trifft, gibt es Punkte und auf dem Screen am Ende des Gerätes blinken Zahlen und Farben auf, die Gewinnmelodie erklingt. Immer wieder wurden neue Kugeln eingespeist. Es erschien mir, als ob ich eine nicht endende Anzahl an Freispielen gewonnen hätte. Ich betätigte die beiden Flipper. Für eine Kugel, die ich wegflippte, kamen zwei hinterher. Ich beschleunigte mein Spiel. Auf dem Screen blinkte es unablässig, die Gewinnmelodie klingelte mehrfach und überschnitt sich. Immer wieder diese Zahlen, die Blinkanzeige, der elektronische Sound, wenn ein Ziel getroffen ist. Ich hoffte, ich würde schnell den Weg zum Hostel schaffen und einschlafen können.

12

Gerade hatte ich noch mit einer blonden jungen Frau getanzt, die eine karierte Bluse trug, eng geschnitten und mit kurzen Ärmeln. Ich fand die blonde Polin offen gesagt absolut geil, aber ich konnte mir in diesem Augenblick partout nicht erklären, wie sie in meine Arme gekommen war. Später war sie dann wieder gegangen. Wohin? Ich wusste es nicht. Ihr Name? Hatte sie ihn mir gesagt? Hatte ich nicht gefragt? Ich wusste es nicht. Aber irgendwo hatte ich sie schon einmal gesehen. Marek kam mit der Wodkaflasche auf die Tanzfläche und sagte: »Komm, Brüderchen, trink! Lass uns auf die deutsch-polnische Freundschaft trinken! Auf die Frauen und auf die Liebe!« Und ich trank. Und Marek sagte ein zweites Mal: »Komm, Brüderchen, trink! Auf die Freundschaft! Auf Frankfurt! Auf Krakow! Auf Kazimierz! Auf die Frauen! Auf Anita! Auf Małgorzata! Auf Ana und auf Ewa!« Marek schüttete wieder nach und wir tranken. Wir tranken immer weiter. Ich sorgte mich, das Bewusstsein zu verlieren, aber ich konnte doch nicht nein sagen. Der DJ spielte jetzt *When you're in Love with a beautiful woman*. Marek forderte meinen Bekannten A. auf, und dann tanzten die beiden. Ich hatte A. noch nie so gut Diskofox tanzen sehen. Ich wusste gar nicht, dass er den Damenschritt kannte. Wir hatten das noch nie probiert. Ich hatte A. noch nie zum Tanzen aufgefordert und eigentlich konnte A. doch auch gar nicht tanzen. Eine blonde junge Dame kam auf mich zu mit türkisfarbenem Sommerkleid und sagte: »Ich bin Asia, wir haben gestern zusammen getanzt, und dann bist du einfach weggegangen.« Ich erinnerte mich. Wir tanzten sehr eng. Asia drückte ihren Busen an mich. Sie drehte mich und tanzte um mich herum, als ob ich eine Poledancestange wäre. Dann tanzten wir wieder zusammen. Ich führte uns über das Parkett. Wir tanzten Tango. Warum wurde hier jetzt Tango gespielt? Ich hatte noch nie erlebt, dass der DJ Tango aufgelegt hatte. Eins, zwei, Wiegeschritt, rück, seit, Schluss, dann die Promenade und den Valentino (auf 1 linker Fuß zurück, 2 Belastung auf rechts, 3 links vor, 4 rechts seitlich zurück, 5 mit links zurück und mit dem rechten Fuß kreuzen, auf 6 rechts nach vorne, 7 links seitlich nach vorne, auf 8 rechts heranziehen). Alles eng zusammen. Eigentlich war gar nicht Platz vorhanden für einen Tango. Wir tanzten auf der Tanzfläche. A. und Marek standen jetzt auf der Theke und tanzten ebenfalls. Immer den Valentino. Von links nach rechts und dann wieder zurück. Zwei weitere Pärchen drehten ihre Figuren hinten auf der leicht erhöhten Fläche, wo sonst noch Tische standen und A. sich am vorangegangenen Abend im Halbdunkel vermutlich vergnügt hatte. Asias und meine Schritte gingen sozusagen im Schritt ineinander über. Dann tanzten wir noch irgendetwas anderes, was nicht zur Musik passte, aber uns gefiel, weil wir dabei so eng tanzen konnten. Der DJ hielt die Musik an. Eine Nonne und ein offensichtlich katholischer Geistlicher betraten in voller Montur die Tanzfläche. Als sie näher auf uns zukamen, sah ich auf dem schwarzen Birett des Geistlichen einen weißen Schriftzug Radio Maria. Die Nonne holte jetzt unter ihrem Habit ein Mikrophon hervor. Das hielt sie dem Geistlichen mit dem Birett unter die

Nase. »Asia«, sagte der, »du sündiges Kind. Du hast zu Hause ein kleines Kind, dein Mann ist erst seit acht Monaten tot, und du vergnügst dich hier beim Tanzen. Deine ganze Familie schämt sich. Deine Großmutter ist seit gestern Abend bei mir in der Kirche und betet einen Rosenkranz nach dem anderen. Seitdem hat sie nicht mehr gegessen und getrunken. Sie bittet für dich um Vergebung. Sie ist schon ganz schwach. Bedenke dies. Kehre um und tue Buße! Noch ist es nicht zu spät. Der Herr wird dir vergeben, wenn du dein unsittliches Gebaren sofort beendest.« Ich hatte schon von Radio Maria gehört, dass der Sender allerdings solch einen großen Einfluss hatte, war mir nicht bewusst gewesen. Asia ging mit den beiden mit. Ich blieb etwas perplex auf der Tanzfläche zurück. In diesem Moment betrat ein deutscher Showmaster aus dem deutschen Privatfernsehen den Raum und hielt mir eine Videobotschaft hin. Ich musste eingestehen, dass ich schon einmal zu der Sendung *Nur die Liebe zählt* hingezappt hatte, aber nur für einige Minuten. Hatte ich versehentlich im Internet an einem Gewinnspiel teilgenommen? Wie hatten sie mich gefunden? Hier in

Polen? Von wem war die Botschaft? Wer hatte mir nachspioniert? Der Talkmaster hielt mir immer noch die Videobotschaft hin und die Kamera, die irgendwo im Raum aufgebaut war, zoomte plötzlich mein Gesicht heran. Am Rand stand A. und sagte, wenn das Sabine wüsste. Ich blickte zurück zum Talkmaster, dann in die Kamera und wieder zu A. Ich wollte zur Theke. Julia T. hatte ihre Hände in die Hüften gestützt und sagte: »Du denkst auch, die polnischen Frauen sind leicht zu haben. Du solltest dich schämen, dass du hier herumknutschst und herumgrapschst, wo du in Deutschland wohl noch eine Frau hast.« Meine Blicke wanderten noch ein weiteres Mal zwischen den Genannten hin und her und suchten dann die Weite des Raumes. Dann verloren sich meine Blicke in der oberen Ecke am Eingang, während mein Körper ja immer noch im Fokus der Kamera stand. Ich wachte schweißgebadet auf. Die Decke war weggestrampelt. A. schnarchte.

...

Der Wirt gab mir gerade zwei Bier, als wieder diese zauberhafte, etwas melancholisch beginnende und dann schneller und fröhlicher werdende Melodie erklang. Ich stellte die beiden Biere auf den Tisch und begann zu tanzen. Ich schritt langsam im Takt der Musik auf die Tanzfläche. Wer war die junge Frau, die mit mir tanzte? Ihre Haut war hell und zart, ihre Gesichtszüge weich. Sie ließ sich wie ein Engel führen. Ihr blondes gelocktes Haar fiel weit über die Schultern. Das Kleid war weiß und vom Bauchnabel aufwärts fast durchsichtig. Wir schritten mit einer Promenade längs durch den Raum, wie man es von höfischen Tänzen kennt. Wir kreuzten die Füße seitwärts wie beim Sirtaki oder bei bretonischen Volkstänzen. Die Hüfte des vorderen Beines drehte dann immer ein wenig nach innen, so dass sich unsere Hüften leicht berührten. Am Ende des Raumes drehten wir und tanzten in entgegengesetzter Richtung zurück. Wieder streiften wir uns. Unsere Hände drückten wir in der Mitte über unseren Köpfen zusammen, und wenn wir die Hände noch höher hoben, verminderte sich gleichzeitig der Abstand zwischen uns und unseren Körpern. Und zwischen unseren Gesichtern und Lippen. Immer und immer wieder berührten wir uns und drehten am Ende wieder. Die junge

Frau, Martha? Elena? Tanja?, ließ sich weit zurückfallen. Ich konnte ihre Hüften gerade noch halten und ihren Oberkörper wieder an mich ziehen. Beinahe hätten wir das Gleichgewicht verloren. Die Musik wurde langsam schneller. Wir hakten uns in entgegengesetzter Richtung unter die Arme und begannen zu drehen. Linksherum. Rechtsherum. Linksherum. Schneller. Rechtsherum. Linksherum. Noch schneller. Ich schnappte nach Luft. Rechtsherum. Linksherum. Immer schneller. Wann hörte das Lied auf? Rechtsherum. Linksherum. So wie Kalinka. Aber das hört irgendwann auf, und außerdem tanzen das die Kosaken. Rechtsherum. Linksherum. Mir war total schwindelig. Alles drehte sich. Wenn ich Martha? Tanja? Agnieszka? Kalinka? Natascha? losließe, würde sie wahrscheinlich wegen der stärker werdenden Fliehkräfte in die umherstehende Menge knallen. Rechtsherum. Linksherum. Ich drehte mich von der einen Seite auf die andere Seite und wieder zurück. Als ich mit den Armen auf die Nachttischlampe geschlagen und sie schließlich umgerissen hatte, wachte ich wegen der heftigen Schmerzen am Handgelenk auf.

...

Das Flugzeug hatte mit seinem Landeanflug begonnen. In spätestens einer halben Stunde hätte ich mein Gepäck und dann würde ich in Krakau mit dem Bekannten, den ich dort treffen wollte, zwei feuchtfröhliche Abende und Nächte verbringen. Das Flugzeug donnerte in eine weiße Wand. In diesem Moment dachte ich, die Wolken, von denen ich zeitweise nicht genau wusste, ob es nur Wolken waren, würden das Flugzeug zerquetschen. Das Flugzeug sackte. Waren wir schon auf dem Rollfeld? Hatte der Pilot nur unsanft gelandet? Die weiße Wand peitschte das Flugzeug. Was war los? Ich blickte erschrocken zu meinem Nachbarn. Der hielt sich verkrampft an seinen Armlehnen fest. Das Gesicht war ähnlich weiß wie die Nebelschwaden draußen. Der Pilot riss die Maschine wieder hoch. Für einen Moment, der mir wie eine Ewigkeit vorkam, schienen wir schwerelos im Wolkenmeer zu versinken. Ging es nach oben oder wieder nach unten? Würden wir aufschlagen? Waren die Berge um Krakau so hoch und so nah an der Stadt gewesen? Die Maschine schien sich jetzt wieder zu fangen.

Wohin flogen wir? Im Gang schritt plötzlich jemand in Militäruniform Richtung Cockpit. Alle anderen Fluggäste waren angeschnallt, so wie es der Pilot einige Zeit zuvor aus seinem Führerhaus befohlen hatte. Wo hatte ich diesen Mann schon einmal gesehen? »Wer ist das?«, fragte ich meinen Nachbarn. »Das ist General Jaruzelski«, wisperte er und bedeutete mir mit seinem Zeigefinger, den er auf seinen Mund legte, zu schweigen. Keiner im Flugzeug traute sich, den General anzusehen. Woher kam Jaruzelski? Hatte es nicht den Fall der Mauer gegeben? War Polen nicht gerade in die EU eingetreten? Hatte das Militär in Polen wieder die Macht übernommen, nachdem der Präsident Kaczynski in Smolensk abgestürzt war? Von dem Sitzplatz hinter mir bekam ich zwischen den Sitzen einen kleinen Zettel nach vorne gereicht. *Sind Sie still, fragen Sie nicht und schauen Sie auf Boden* stand dort auf Deutsch. Der General kam jetzt zurück und verschwand irgendwo im hinteren Teil des Flugzeugs. Ich traute mich nicht, ihm nachzuschauen. Der Pilot schien nun eine Kurve zu fliegen und langsam wieder in den Sinkflug überzugehen. Die Wolken – es mussten Wolken sein – wurden dichter. Offensichtlich versuchte der Pilot erneut zu landen. Wieder diese weiße Wand. Der Nachbar krallte sich in seinen Sitz. Es ruckelte. Setzte die Maschine auf? Plötzlich zog die Maschine wieder nach oben. Der Mann neben mir atmete erleichtert. »Die Mutter von General Jaruzelski wohnt in Krakau«, sagte er. »Der General will hier deshalb landen, aber manchmal ist sehr starker Nebel. Die Piloten müssen dem General gehorchen, und wer sich weigert, wird suspendiert, möglicherweise sogar unehrenhaft aus der Armee entlassen. Das will keiner riskieren, alle kuschen. Aber es ist sehr gefährlich, in Krakau zu landen, wenn so dichter Nebel herrscht. Wissen Sie, letztes Jahr ist in Smolensk der Präsident abgestürzt. Man sagt, auch er habe die Piloten zur Landung gezwungen. Vielleicht fliegen wir jetzt nach Warschau und landen dort.« Ich war erleichtert. Ich schickte ein Stoßgebet zum Himmel. Wir waren in Polen und Gott hatte einen festen Platz im Leben der Frommen und war vielleicht tatsächlich bei der einen oder anderen Sache in positiver Weise dabei. Ich entspannte mich, als der Pilot offensichtlich wieder eine Kurve flog und in den Landeanflug überging. Die Wand. Geruckel. Irgendetwas schlug auf das Flugzeug ein. Es krachte gehörig. Waren wir gelandet? Ohne Fahrwerk? Dann eine Vollbremsung. Einige Passagiere rumsten in die Sitzlehnen der vorderen Reihe. Ich schaute gerade noch zu meinem Nachbarn und knallte dann auch mit meiner Brille an den eingeklappten Esstisch in der Rücklehne des Vordersitzes. Ich war wach. Ich setzte mich auf die Bettkante und stützte den Kopf mit meinen Händen.

13

Als ich aufwachte, war A. nicht im Zimmer. Ich war leicht benommen. Kopfschmerzen hatte ich nicht, aber dort oben hatte sich ein Gefühl von Matschigkeit ausgebreitet. Ich schaute auf die Uhr. Kurz vor halb zwölf. Ich wollte sehen, ob es unten noch Frühstück gab. Danach wäre es bestimmt besser. Ich schlüpfte schnell in meine Bermudas und in ein herumliegendes T-Shirt. Meine Flipflops waren noch im Koffer gewesen. Schnürsenkel zubinden? Zu anstrengend. Besser war, sich nicht zu bücken und dem Kreislauf keine unnötigen Belastungen aufzubürden. Beim Heruntergehen hielt ich mich am Geländer fest. Das gab mir Halt. Als ich in den Frühstücksraum kam, brach A. gerade auf. Wir würden uns nachher sehen, sagte er. Ich erinnerte mich. A. war für die Stadtführung verabredet. Mit der blonden Enddreißigerin. Auf dem Rynek. Ob er das finden würde? Wenn er jetzt aufbrach, hatte er ausreichend Zeit. Wie hieß die Blonde noch mal? Ah, nicht wichtig. Jedenfalls nicht für mich. A. war ja mit der Blonden verabredet. Renata? Konnte sein. Ich nahm mir einen Kaffee. Schinken und Käse, Tomaten und Gurken waren noch nicht abgeräumt. Carolina fragte nach Rührei, also, ob ich welches wollte. Klar wollte ich. Carolina, die Chefin des Hauses, schob an diesem Morgen selber Dienst, ansonsten organisierte sie immer nur im Hintergrund. A. hatte ihr wohl schon erzählt, dass wir im Singer versackt waren. Ich wusste gar nicht, ob sie selber schon einmal dort gewesen war. Sie hatte eine kleine Tochter. Und das kleine Hostel war anstrengend genug. Ihr Mann hatte eine Musikkneipe und war wahrscheinlich auch viel unterwegs. Jedenfalls kannte Carolina das Singer vom Hörensagen, speziell natürlich von ihrem Gatten, und wusste, dass man dort gut und lange in bester polnischer Tradition feiern konnte. Sie brachte uns deswegen großzügig Verständnis entgegen, wenn wir die Frühstückszeiten nicht einhalten konnten. Vielleicht dachte sie, wir würden uns gut in die polnische Lebensweise integrieren. Und wenn alle Deutschen so wären und zum Feiern und Tanzen herkämen, dann gehörten Ressentiments und gegenseitiges Misstrauen bald der Vergangenheit an.

Ich war nach dem Frühstück noch einige Zeit sitzen geblieben und hatte mich mit dem jungen Team des Hostels über das Party- und Nachtleben in Krakau und anderen Städten Europas ausgetauscht, auch um mich währenddessen ein wenig von den Strapazen der Nacht zu erholen und neue Kräfte für den letzten Abend zu sammeln. Morgen früh sollte es mit einem Zwischenstopp in Wien zurück nach Frankfurt gehen.

Im Wechsel hatte ich nach dem Frühstück noch mindestens je drei Tassen Kaffee und drei Glas Multivitaminsaft meinem dehydrierten Körper zugeführt, dessen Zustand sich damit sukzessive verbesserte, als A. den Aufenthaltsraum wieder betrat. Ich weiß nicht, ob ich überrascht war. Wahrscheinlich nicht. Aber ich hatte auch nicht erwartet, dass A. jetzt schon zurückkommt. Ich war noch zu sehr mit mir selbst beschäftigt und damit, meinen Körper wieder in den normalen Drehzahlbereich zu bringen, als dass ich mir Gedanken über A. und sein vermutlich

geplatztes Rendezvous hätte machen können. Ich dachte immer noch vergleichsweise
wenig. Im Kopf fühlte ich weiterhin diese
Matschigkeit. Neue Gedanken, die ich fassen
wollte, versanken gleich wieder. Ich wollte,
ich müsste mir noch ein bis zwei Stunden
Zeit geben und vielleicht auch eine weitere
Flasche Mineralwasser. A. würde ohnehin
von sich aus berichten. Von gestern Abend,
vor allem von Renata, von der geplanten und
nun leider geplatzten Stadtführung. Vielleicht würde A. das eine oder andere doppelt
erzählen, was ich gestern schon gehört hatte.
Es würde nicht stören. Vielleicht wiederholte
er aber auch gerade das, was ich vergessen
hatte.

A. polterte los. Wäre das Rendezvous plan-
gemäß verlaufen, hätte A. wahrscheinlich alles chronologisch dargestellt. So nahm er das
Ende aber vorweg und überzog Renata mit
einer Reihe von Beschimpfungen der übels-
ten Art. Wenn A. auch um einen kräftigen
Ausdruck nie verlegen war, so hatte ich ihn
so doch noch nie ablästern gehört. Renata
war zum Rendezvous also nicht gekommen.
A. war an diesem Morgen von unserem Hos-

tel bekanntlich sehr frühzeitig aufgebrochen und hatte unterwegs noch eine Rose gekauft. Mit dieser stand er dann angabegemäß eine halbe Stunde vor der kleinen Kirche auf dem Rynek, die alle Einheimischen, Verliebte und solche, die es noch werden wollen, als Treffpunkt vereinbaren. Viele junge Frauen und Männer müssen an ihm vorübergezogen sein, sahen ihn mit dem Röslein stehen. A. muss sich wie der letzte Idiot vorgekommen sein. Er hatte sich extra ein Paar extrem schicke Schuhe angezogen, die er am Vortag, während ich vor dem Singer bei Kaffee und Bier ausgespannt hatte, in der Ulica Florianska gekauft hatte. Die Schuhe waren verglichen mit deutschen Preisen nicht besonders teuer gewesen und ungelogen wirklich äußerst schick. Leider – und darüber ärgerte sich A. jetzt vermutlich mindestens in gleichem Maße wie über das geplatzte Treffen – waren die Schuhe eben auch ein Stück weit unbequem und natürlich noch nicht eingelaufen, was die Unbequemlichkeit spürbar verstärkte. A. hatte sich an beiden Füßen zwei fette Blasen gelaufen. Das erzählte er mir am Frühstückstisch, und ich glaubte ihm das, ohne dass A. den Beweis dafür hätte antreten müssen. Mein Kaffee stand noch auf dem Tisch und war vollkommen unschuldig an A.s Problemen.

A. wetterte noch ein wenig gegen Renata, wegen der er so früh aufgestanden war. Natürlich hätte er auch lieber länger geschlafen. Offensichtlich war A. heute Nacht beziehungsweise heute Morgen erst kurz vor mir zu unserer Unterkunft gekommen und hatte damit in etwa gleich wenig geschlafen wie ich. Zu wenig. Und Kopfschmerzen hatte er auch gehabt, die dann aber von den Schmerzen, die seine vier Blasen verursachten, bei Weitem übertroffen wurden. Die Kopfschmerzen waren inzwischen wohl fast weg.

A. war sich ziemlich sicher gewesen, Renata heute Morgen wiederzusehen. Er hatte sie am Abend zuvor mit – auch aus meiner Sicht nicht unpassenden – Komplimenten überschüttet. Das mit der Jugendlichkeit und Zartheit ihrer Haut erwähnte ich schon. Renata hatte sich sehr geschmeichelt gefühlt und dann aus eigenem Antrieb heraus den Vorschlag zu der Stadtführung gemacht.

Natürlich war A. auch der Gedanke gekommen, dass er sich möglicherweise in der Zeit vertan hatte. Aber dann hätte Renata zumindest abheben können, als A. versucht hatte, sie auf dem Handy anzurufen. A. hatte sich dessen ungeachtet – da gab ich ihm uneingeschränkt Recht – nun schon genug geärgert und jetzt eben auch noch die Blasen an den Füßen. Er schwenkte deshalb auf thematisch Erfreulicheres um und begann vom gestrigen Abend im Singer zu erzählen.

A. hatte sich, nachdem ich mit Martha tanzen gegangen war, von der Gruppe entfernt. Dorota stand noch recht eng bei ihrem Mann. Da war für A. nichts zu machen gewesen. Außerdem hatte A. an diesem Abend schon einen Punkt gemacht. Er war mit Renata tanzen gewesen und hatte ihre Zuneigung gewonnen und freute sich schließlich auch auf die Stadtführung am Sonntag, die ja nun leider geplatzt war. Aber das konnte A. im Singer noch nicht wissen. A. hatte sich nach der Trennung von der Gruppe ein wenig im Singer umgesehen und sich dann überlegt, ein Bier zu holen, mit dem er sich wahrscheinlich im hinteren Nebenraum, dem schummrigen Separee, niederlassen wollte. Vorausgesetzt natürlich, die Gesamtsituation und die Leute im Nebenraum würden A. mit dem Bier noch genauso attraktiv erscheinen wie eben zu jenem Zeitpunkt, als er sich diesen Plan überlegt hatte.

In dem Raum hatten verschiedene Leute gesessen, die A. mir nicht sämtlich im Detail beschrieb. An einem Tisch war noch ein Stuhl frei gewesen. Und offensichtlich wurde an diesem Tisch neben Englisch und Polnisch auch Deutsch gesprochen oder jedenfalls zitiert. A. fragte, ob er sich dazusetzen könnte. Sofort stand der etwas schlaksig wirkende Typ, der angabegemäß für den Hauptteil der Unterhaltung an diesem Tisch und darüber hinaus in dem ganzen Separee sorgte, auf und bot A. mit einer einladenden Geste den noch freien Sitzplatz an. »Bitte schön, setzen Sie sich zu uns. Es ist uns eine große Freude, Ihre Bekanntschaft zu machen.« Sodann stellte der schlaksige Typ, die beiden anderen Gäste am Tisch vor. Jaqueline aus Hamburg und Mario aus Bella Italia. Die beiden absolvierten in Krakau einen Sprachkurs. Jaqueline hatte eine polnische Großmutter gehabt und wollte jetzt nach Erlangung der Matura die freie Zeit bis zum Semesterbeginn nutzen, etwas anderes zu lernen als das ihr verhasste Schulenglisch und Französisch. In Letzterem hatte sie es mit Hängen und Würgen im Abitur gerade mal auf eine Drei minus gebracht, weil sie immer die Accents falsch herum setzte. Das hätte, so berichtete A., nach Jaquelines Angaben daran gelegen, dass sie erst spät gelernt hatte, links und rechts zu unterscheiden und dann nie wusste, wenn die Lehrerin gesagt hatte, der Accent ginge von links unten nach rechts oben oder von links oben nach rechts unten, von woher der Strich nun konkret kam und wohin er im Einzelnen eigentlich ging. Immerhin hatte Jaqueline Accent und Cedille unterscheiden können und den Accent immer oberhalb des Buchstabens gemacht und die Cedille darunter, aber das hätte der Lehrerin nicht gereicht. Jetzt hatte sich Jaqueline im Nebenfach für Slawistik eingeschrieben. Bei Mario war die Sache einfacher. Er kam aus Italien und arbeitete in Südtirol als Snowboardlehrer. Und da immer mehr Gäste auch aus Polen kämen, wollte er sich nun mit den – noch zu erwerbenden – Grundkenntnissen in der polnischen Sprache einen Wettbewerbsvorteil verschaffen.

Den Hauptpart spielte an diesem Tisch aber der schlaksige Typ, von dem A. zu dem Zeitpunkt, als er dort saß, noch nicht wusste, dass es Erin war. Ich bin dann erst im Laufe der Erzählung darauf gekommen, dass es sich um die gleiche Person handeln musste, die mich am Vortag mit ihrer Stuhlakrobatik in ihren Bann gezogen hatte. Gewissheit sollte ich dann aber erst am letzten Abend bekommen.

Gleich nachdem Erin Jaqueline vorgestellt und hinzugefügt hatte, dass sie aus Hamburg kommt, hatte Erin einen Reim von Ringelnatz zum Besten gegeben:

In Hamburg lebten zwei Ameisen,
Die wollten nach Australien reisen.
Bei Altona auf der Chaussee
da taten ihnen die Beine weh,
Und da verzichteten sie weise
Denn auf den letzten Teil der Reise.

A. erzählte, dass Erin einen lustigen Reim gebracht hatte über zwei Ameisen aus Hamburg, was er jetzt aber nicht mehr zusammenbekäme. A. war Autodesigner, Gedichte waren seine Welt nicht. Umso mehr war er von

Erins Deutschkenntnissen und der von ihm vorgetragenen Lyrik beeindruckt.

Später hatte Erin auch noch Christian Morgensterns *Lattenzaun* rezitiert. Jaqueline hatte die Gedichte auch ganz lustig gefunden. In der Schule hatte sie natürlich von Ringelnatz und Morgenstern gehört, aber ihre Lehrer hatten sie lieber mit *Die Soldaten* von Jakob Michael Reinhold Lenz und anderen Langweilern gequält. Sie fand das merkwürdig und eigentlich auch äußerst bedenklich, wenn ihr nun von einem Engländer in Polen die heiteren Seiten der deutschen Literatur aufgezeigt wurden.

Erin hatte in England Philosophie studiert mit Nebenfach Deutsch und war nach dem Fall der Mauer nach Berlin gegangen, um dort sein Deutsch zu verbessern und den Umbruch aus nächster Nähe mitzuerleben. Seine anfängliche Begeisterung für die deutschen Dichter und Denker und das deutsche Wesen im Allgemeinen war dann aber wohl in Skepsis und Distanziertheit umgeschlagen, nicht weil die Dichter ihn enttäuscht hätten, sondern weil ihm der zuweilen offen zur Schau getragene Rassismus im Osten Berlins und im Umland gehörig an die Nieren ging. Erin war dann wieder zurück nach England gezogen und hatte dort als Lehrer gearbeitet, bis er dann vor einigen Jahren seinen Dienst aus nicht näher bekanntgewordenen Gründen quittierte und nach Polen ging. Hier schien ihm die Welt noch in Ordnung und vor allem spannend zu sein durch die gärende Mischung aus Tradition und Moderne. Er schlug sich jetzt mit Gelegenheitsjobs durch, meist handelte es sich um irgendwelche Übersetzungen ins Deutsche oder ins Englische. Richtig Fuß hatte er in Krakau aber nicht gefasst. Von der Tragik seiner Existenz, die gescheitert war oder zumindest kurz davor zu sein schien, wusste A. in dieser Nacht noch nichts.

A. amüsierte sich einstweilen mit seinen drei Tischnachbarn. Abwechselnd holten sie je eine Runde, nur Erin wegen seiner angespannten finanziellen Verhältnisse nicht. Er begeisterte aber mit seiner zur Diskussion passenden Lyrik und mit seinen geistreichen Wortbeiträgen sowie einigen Kartentricks. Die Stuhl-Fahrrad-Nummer konnte er aus verständlichen Gründen dort im Hinterzimmer nicht bringen. Dafür zündete er sich im 20-Minuten-Takt je eine Zigarette an und blies den Rauch aus seinen Ohren heraus. Das reichte mehr als aus, um von den dreien eingeladen zu werden. Schließlich waren sie ja über Erin in gewisser Weise zusammengekommen und hatten nun ihren Spaß mit sich und ihm.

Mario war wohl ganz unterhaltsam gewesen mit seinem sizilianischen Charme. Natürlich anders als Erin. A. sagte, Mario hätte so was wie Bauernschläue und Verschmitztheit ausgestrahlt, immer den Schalk im Nacken, ungefähr so wie der Typ aus der Kaffeewerbung, der sagt: »Isch habe gar keine Auto.« Wie diese internationale Versammlung sich schließlich aufgelöst hatte, erwähnte A. nicht. Ich ließ A. wissen, dass ich stark vermutete, bei dem schlaksigen Engländer würde es sich um Erin handeln. Vielleicht würden wir ihn ja heute Abend noch einmal antreffen. Falls wir tatsächlich wieder in den Stadtteil Kazimierz gehen sollten.

14

Der Nachmittag beziehungsweise das, was davon noch übrig war, verlief ohne besondere Vorkommnisse oder Erlebnisse, die einer expliziten Erwähnung wert wären. Ich wollte den andauernden Prozess meiner vor allem physischen, aber auch psychischen Regeneration nicht stören und führte meinem Körper weiter Mineralwasser, grünen Tee und Säfte zu. A. verharrte noch einige Zeit in seinem Zustand innerer Aufgewühltheit, hin und her gerissen zwischen Faszination und Begeisterung über das polnische Leben und die Frauen im Allgemeinen einerseits und der ihm widerfahrenen persönlichen Enttäuschung und Demütigung anderseits.

Nach einer kurzen Bedenkpause beschlossen wir, den sonnigen Nachmittag auf dem Rynek in einem der unzähligen Cafés mit vorgelagerter Straßengastronomie zu verbringen. Vorher schlenderten wir noch ein wenig durch die Straßen, die zum Rynek hinführen oder je nach Betrachtung wegführen. Wir und vor allem A. taten das, was andere Touristen auch tun. Eis essen, Schaufenster ansehen, Piroggen kosten, Porträt stehen bei einem zugegebenerweise wirklich nicht schlechten Straßenmaler in der Ulica Florianska und Souvenirs oder andere unnötige Dinge kaufen.

Den Abend verbrachten wir auf A.s Wunsch hin zunächst auch in der Altstadt. A. wollte in das Ministerstwo in der Ulica Spitalna. Empfohlen wurde im Reiseführer der Dienstagabend für einen Besuch, aber da wären wir schon wieder in Deutschland gewesen. Mir schien der Laden ohnehin zu sehr am Mainstream ausgerichtet, was ich am Aussehen der Leute festmachte, die die Türsteher am auf Club- und Loungestyle getrimmten Eingang passierten. Das Innere überraschte. Über eine schmale Treppe ging es zwei Etagen nach unten, wo sich das riesige Kellergewölbe ausbreitete. Trotz Sonntag war die Bude gerappelt voll. Es waren denn wohl auch fast ausschließlich jüngere Studenten hier unten, wenn ich A. und mich nicht mitzählte. Wäre ich 15 Jahre jünger gewesen, ich hätte dieser Lokation und seinen Besuchern und vor allem den modisch bis sexy aufgebrezelten Besucherinnen wohl einiges abgewinnen können, so fühlte ich mich einfach nur ein wenig fehl am Platze. A. ist zwar drei Jahre jünger als ich, passte hier unten aber im Grunde genauso wenig rein wie ich. Ich hoffte nur, der Erkenntnisprozess würde bei A. nicht so lange dauern.

Wir holten zwei Bier und setzten uns auf eine Bank am Rande eines Durchgangsraumes, wo sich auch eine der vielen Theken befand. Von hier aus konnten wir die vorbeiströmenden Polinnen gut beobachten. Für meinen Teil achtete ich darauf, den Mund geschlossen zu halten. Sonst hätte womöglich Gefahr bestanden, dass ich sabberte. Gelegentlich setzte sich die eine oder andere jüngere Polin auf unsere Bank, um die Sandalen fester oder lockerer zu stellen, den Lidschatten nachzuziehen oder neuen Lippenstift aufzutragen. Später kam noch ein Reggae-Typ zu uns und erklärte uns, dass er sich freute, dass wir hier wären. Dabei meinte er wahrscheinlich mehr Polen im Allgemeinen als diesen Club mit seinem jugendlichen Publikum im Besonderen. Er sagte, dass Deutsche und Polen in die Zukunft blicken müssten, anstatt immer nur die Vergangenheit aufzuwärmen. Der Reggae-Typ war ziemlich besoffen. Ich glaube mehr, als wir es in den beiden vorangegangenen Tagen waren. Eine Diskussion war deshalb nicht wirklich möglich. Ich schätzte die freundliche Geste von ihm. Zu Schadenfreude oder anderen Formen von Despektion bestand kein Anlass. Ich wusste nicht, wer in diesem Moment bemitleidenswerter war, der stark betrunkene Reggae-Typ oder wir. Man konnte seine Kontaktaufnahme zu uns auch dahingehend interpretieren, dass er uns aus reiner Höflichkeit angesprochen hatte. So wie man alten Leuten in den Mantel hilft oder die Tür aufhält. Zumindest sollte man das. Er fragte nach Feuer für seine Zigarette. Ich hielt ihm mein brennendes Feuerzeug hin. Seine Feinmotorik war beeinträchtigt. Er hielt seine Zigarette mittig über die Flamme. Ich konnte das Feuerzeug nicht rechtzeitig ausreichend zurückziehen. Die vordere Hälfte der Zigarette fiel ab. Ich gab ihm eine von A.s Zigaretten mit auf den Weg. Bei A. war inzwischen die Erkenntnis gereift, dass wir für diesen Laden hier zu alt waren. Er schlug vor zu gehen.

15

Wir gingen zum Singer. Das war nicht überraschend. Die Kneipe bestach durch ihre Multifunktionalität. Das Singer war Tanzsaal und Partyraum. Kinoleinwand und Theaterbühne. Café und Besucherplattform. Auch ein bisschen wie die Trinkhalle um die Ecke, wo man kurz nach dem Feierabend oder vorm Schlafengehen sein Bier trinkt. Andererseits hatte das Singer doch eher Wohnzimmercharakter, wegen seiner Einrichtung etwas von einer guten Stube, in der man nur die besten Freunde empfängt, während die anderen in der Küche oder im Fernsehraum Platz nehmen müssen. Von daher war es wiederum überhaupt nicht mit einer ordinären Trinkhalle zu vergleichen. Das Singer hatte Stil mit seinen alten Möbeln, seinen Wandleuchtern, dem Gemälde und dem Klavier. Und der Musik. Die war tagsüber natürlich gediegener.

Der Sonntagabend schien auch hier im Singer alles in allem etwas ruhiger zu sein als die beiden ersten und schon verbrauchten Abende des Wochenendes. Draußen saßen nicht mehr als eine Handvoll Gäste, im Vorraum ebenso. Im Hauptraum saßen drei junge Frauen, die spanisch sprachen an dem Tisch, auf dem sonst getanzt wurde und von dem man auch herunterfallen konnte. Aber das war bekanntlich eher die Ausnahme. An einem Stehtisch links vorne neben der Theke, der wahrscheinlich nur wochentags zum Inventar gehörte und ansonsten insbesondere freitags und samstags weggeräumt war, standen zwei Typen, die sich in Deutsch unterhielten und offensichtlich kräftig becherten. Was sich im Nebenraum, dem Separee tat, sah ich nicht.

Wir gingen wieder nach draußen und setzten uns an einen der heute vielen freien Tische. Ich holte drinnen zwei Bier und kam dann wieder zurück zu A. Vielleicht sollten wir den Abend und in gewisser Weise das ganze Wochenende einfach mit diesem und eventuell einem letzten Bier ausklingen lassen. Die Enttäuschung bei A. über das geplatzte Rendezvous und den Besuch im Ministerstwo, in dem A. trotz seiner tollen Schuhe – die hatte er sich wieder angezogen – frauentechnisch gesehen nichts ausrichten konnte, saß tief. Ich selbst war mit dem Erlebten zufrieden, auch wenn sich keine der gemachten Bekanntschaften als dauerhaft erwiesen hatte. Dem Glück soll man nicht nachtrauern. Jedenfalls nicht zu lange.

A. erzählte irgendetwas. Ich blickte auf die Mitte des Platzes und hörte nur oberflächlich zu. Morgen würde es zurückgehen. Ich wollte den Aufenthalt in Krakau positiv in Erinnerung behalten. Wahrscheinlich war alles auch eine Frage der persönlichen Erwartungen. Ich hatte keine oder jedenfalls keine übertriebenen in Bezug auf unsere Wochenendreise. Was passierte, passierte. Und erfüllte sich die eine Erwartung eben nicht, ergab sich dafür das eine oder andere Unerwartete.

Das zweite Bier ging A. holen. Nach einer gefühlten Viertelstunde kam er mit zwei Halben zurück und berichtete, dass er drinnen mit den beiden Deutschen ins Gespräch gekommen war. Die wären ganz cool drauf. Die würden beide hier leben, wären aber Deutsche. Eben ganz cool. Da könnten wir uns doch mit hinstellen. Ich hatte keine rechte Lust.

Bisher hatten wir es ganz gut vermieden, mit unseren Landsleuten ins Gespräch zu kommen. Das hätten wir schließlich schon eher haben können. Ah, ihr kommt aus Deutschland? Wir auch. Wo kommt ihr denn genau her? Ach, aus Dresden. Ja, schön. Mein Vater kommt daher. Oder: Ich hab da eine Tante wohnen. Die will ich nächstes Jahr besuchen. Wir waren gerade da und da und wollen noch nach dort und dort. Ihr wart schon dort? Ja, wenn ihr sagt, wir müssen das unbedingt sehen, dann machen wir jetzt mal los. Und so weiter und so fort. Ich kann auf solche Unterhaltungen verzichten. A. ging zurück nach drinnen, und ich blieb zunächst draußen sitzen. Das war sicherlich etwas dickköpfig und stur von mir. Damals schon und rückblickend erst recht. A. war bekanntlich sehr kommunikativ, aber wen er kennenlernte, entsprach nicht immer meinem Geschmack. Nicht mal für einen Abend. Ein bisschen sinnierte ich auch noch über unseren Ausflug ins Ministerstwo. Das war die Idee von A. gewesen und wohl ein vollkommener Reinfall. Mein Glas war leer. Ich ging rein.

Ich stellte mich an die Theke. Zwei Personen waren vor mir. Direkt vor mir wartete eine Spanierin, jedenfalls eine von denen an dem Tisch, an dem vorhin Spanisch gesprochen wurde. Mein Bedürfnis, mich zu A. und seine neuen Bekannten an den Tisch zu gesellen, hielt sich immer noch stark in Grenzen. Wenn ich mein Bier hätte, müsste ich mich spätestens entscheiden. Ich sprach die Spanierin an. Woher sie käme, wie lange sie hier wäre, das erste Mal, ob das ihre Freunde wären. Im Grunde genommen fragte ich Ähnliches, was ich auch Deutsche gefragt hätte, wenn ich sie getroffen hätte. Was ich erklärterweise nicht wollte und bis jetzt auch hatte vermeiden können. Jetzt das Gleiche in Spanisch zu fragen, erschien mir nur wenige Minuten später hingegen opportun und nicht im Geringsten abwegig. Vielleicht war das nicht besonders konsequent, aber es entsprach meiner Gefühlslage. Ich setzte mich mit Elena zu den beiden anderen an den Tisch. Ich weiß nicht, über was wir sprachen. Wahrscheinlich erzählten sie, dass sie mit Ryanair hier waren. Von Granada kamen sie. Daran kann ich mich noch erinnern. Vielleicht erzählte ich, dass ich in Granada schon einmal einen

Sprachkurs besucht hatte und ganz begeistert war von der Atmosphäre, die über der Stadt liegt, und von den Tapas.

Nach einer Weile verabschiedeten sich die Spanierinnen. Ich hatte vielleicht nicht performt. In diesem Moment machte ich mir keine Gedanken darüber. Ich wollte nichts von ihnen, und sie wahrscheinlich auch nichts und noch viel weniger von mir. Den halbstündigen Plausch fanden sie und ich dennoch anregend, sonst wären sie schon früher aufgebrochen. Immerhin, das tröstete mich, gab es ein Küsschen zum Abschied, also drei von Elena und jeweils einen von den beiden anderen, um die ich mich ja während des Gespräches nicht so intensiv gekümmert hatte.

Ich bewegte mich mit meinem Bierrest zu A. und den beiden Deutschen an den Tisch. Johannes und Stefan hießen sie. A. hatte wohl schon gesagt, dass wir in Krakau das Wochenende verbrachten. Warum ich nicht wie A. gleich an ihren Tisch gekommen war, wurde nicht hinterfragt. Sie hatten mich schließlich mit den drei jüngeren Spanierinnen, von denen zwei durchaus heiß aussahen, am Tisch sitzen gesehen. Vermutlich dachten Stefan, Johannes und auch A., dass es weniger an ihnen gelegen hätte, dass ich nicht sofort zu ihnen gekommen war, als an der Attraktivität der Guapas. Wir vertieften das nicht. Stattdessen freuten wir uns, jeder für sich und alle miteinander, dass wir jetzt zusammen an diesem Tisch standen.

Stefan, kräftig gebaut mit ein bisschen Bierbauch und einem leicht rundlichen, freundlichen Gesichtsausdruck sowie mittellangem, sich langsam ausdünnendem vormals blondem Haar, etwas über 1,80, holte an der Theke noch ein Glas, schenkte mir ein und sich und den anderen beiden am Tisch nach. Dann stellte er die Rotweinflasche vor sich auf den Tisch neben die drei anderen, von denen zwei schon leer waren und eine noch ungeöffnet. Sodann hob er das Glas, die anderen und ich ebenso, wobei ich im Gegensatz zu A. und Johannes noch nicht wusste, auf was wir anstoßen würden. »Auf meine Tochter«, sagte Stefan. Und wir wiederholten: »Auf deine Tochter!« Und dann fing Stefan an zu erzählen, wahrscheinlich das, was er A. schon und davor auch Johannes erzählt hatte. Er hätte jetzt

48 Stunden nicht geschlafen. Vor 48 Stunden hätte er seine Frau Iwona ins Krankenhaus gebracht, vor 14 Stunden wäre es dann richtig losgegangen und er wieder ins Krankenhaus zurück. Vor sechs Stunden wäre Felicyta dann endlich da gewesen, gesund und munter, und er von den Schwestern weggeschickt worden. Seitdem wäre er jetzt hier und würde sich einfach nur freuen. Nachmittags hatte er sich erst mal mit dem Wirt gefreut, dem Mittzwanziger, den ich in den vergangenen Tagen auch schon hinter dem Tresen hatte bedienen gesehen, und mit Wodka. Dann waren wohl noch einige Deutsche in das Lokal gekommen, mit denen er auch mit Żubrówka auf seine Felicyta angestoßen hatte, und seit dem späten Nachmittag wäre ja nun Johannes hier. Der wäre anständiger als er und tränke allenfalls Wein und Bier, weshalb sie nun seit sieben auf den Rebensaft französischer Herkunft umgestiegen wären.

Ich hätte gerne gefragt, was ihn denn nach Polen verschlagen hatte, aber Stefan kam mir in gewisser Weise mit der Beantwortung der Fragen, die ich noch nicht gestellt und in meinen Gedanken auch noch nicht formu-

liert hatte, zuvor. Ich fand das nicht unhöflich. Stefan hatte sicherlich von uns allen in
den letzten 48 Stunden das meiste und das
Bewegendste erlebt und das muss man auch
einfach mal loswerden können dürfen. Stefan war seit zehn Jahren in Krakau. Vorher
hatte er in Berlin gelebt und sich dort mehr
schlecht als recht als freischaffender Rechts-
anwalt durchgeschlagen, immer leicht über
oder unter dem Existenzminimum. Hier in
Krakau verdiente er jetzt sogar absolut weniger, aber von seinem Verdienst könnte er
sich einen besseren Lebensstandard leisten.
Und er wäre hier in Polen zufriedener. Zudem
hätte er eine liebe Frau, Iwona. Die hätte er
vor 15 Jahren bei einem Austausch kennengelernt. Schnell hätte es damals in seiner
schwäbischen Heimat gefunkt zwischen der
Germanistikstudentin und dem angehenden
Referendar.

Johannes war verschlossener. Ihn musste
ich fragen. Johannes arbeitete an der Universität als Dozent für Ökonomie. Was er genau
unterrichtete, wusste ich nicht und wollte
es wahrscheinlich auch nicht in Erfahrung
bringen. Ich fand es einfach interessant, dass

jemand – aus welchen Gründen auch immer – nach seinem Diplomabschluss nach Polen geht, die Sprache lernt und sich dort als Dozent verdingt. Dagegen kam mir mein eigener Beruf und Lebensweg als Kreditanalyst für strukturierte Finanzierungen und zuletzt als eine Art reisender Bankkontrolleur verhältnismäßig langweilig vor. Seit ungefähr 15 Jahren quälte ich mich in meinem Beruf. Hier hingegen machte einer was, wozu er einfach Lust hatte, ohne auf die Gehaltsabrechnung zu schauen oder den Lebenslauf oder nach Sicherheit zu fragen. Ich beneidete Johannes und auch Stefan um ihre Entschlossenheit und ihren Mut, etwas Neues, ich muss sagen: ganz was Neues auszuprobieren. Vermutlich war ich zu ängstlich und zu angepasst. Andererseits hatte zumindest Johannes in den letzten neun Jahren noch nicht die große Liebe in Polen gefunden und irgendwie machte er auch nicht den Eindruck, als ob er sie so schnell finden würde. Ich wusste auch nicht, ob solche Nächte, wie A. und ich sie an den vergangenen beiden Tagen erlebt hatten, sein Ding waren. Aber Stefan beneidete ich zugegebenerweise uneingeschränkt. Das erste

Mal in meinem Leben, dass ich gerne jemand anders gewesen wäre.

Aus dem Nebenraum war Erin hereingekommen. Offensichtlich hatte er sich dort und von A. und mir unbemerkt schon den ganzen Abend aufgehalten. Ich sah ihn jetzt das erste Mal, seitdem ich ihn am Samstagnachmittag mit seiner Stuhlakrobatik beobachtet hatte. Er war auf A. zugegangen, der sich freute und mir gleich bedeutete, dass Erin eben der schlaksige und unterhaltsame Typ war, von dem er mir erzählt hatte. Erin stellte sich mit an den Tisch beziehungsweise eher direkt neben A. Stefan machte um den Tisch keinen Platz frei. Ich selbst war auch schon ein kleines bisschen zurück und an die Seite getreten, damit A. hätte aufrücken können und so Platz vorhanden gewesen wäre für Erin. Ehe A. noch das Gespräch mit Erin aufnehmen konnte, hatte sich dieser im Rückwärtsgang bereits wieder einen halben Meter vom Tisch entfernt. Erin war klar geworden, dass er an diesem Tisch von Stefan nichts zu trinken bekommen würde und auch ansonsten unerwünscht war. Ich sah noch flüchtig, wie Stefan seinen Arm wieder zu sich zurückzog.

Scheinbar hatte er mit einer Handbewegung gegenüber Erin unmissverständlich angedeutet, dass dieser verschwinden sollte. Während Erin nun einen halben Meter zurückwich, beschimpfte er Stefan mit einem »You fucking Nazi!«. Stefan holte sodann seine Hand aus, ob zur Drohung oder zum Schlag vermag ich nicht mit eindeutiger Gewissheit zu sagen, traf aber nicht. Oder wollte auch gar nicht treffen. Erin hüpfte etwas zur Seite und wiederholte noch einmal sein »You fucking Nazi!«. Dann packte ihn plötzlich ein kräftiger bärtiger Typ, den ich bisher bewusst nicht wahrgenommen hatte, am Kragen und drängte ihn durch den Vorraum Richtung Ausgang. »Don't want to see you here again«, konnte ich den Mann mit dem Bart noch sagen hören. Erin bekam im Singer Hausverbot.

Der Mann mit dem Bart war aus dem Vorraum schnell hinzugetreten, als in dem Streit zwischen Stefan und Erin Ansätze einer Eskalation erkennbar wurden. Der Vollbartträger, der auch nicht der wahre Besitzer des Singers war, aber hier doch eine mittelwichtige Rolle spielte, hielt sich anscheinend stets im Hintergrund und trotzdem jederzeit bereit, um in brenzligen Situationen zügig einzugreifen. Ich hatte ihn zuvor nie in Erscheinung treten sehen und auch nach diesem Vorfall war er nie erkennbar in den eigentlichen Gastronomiebetrieb eingebunden.

Der ganze Vorfall hatte sich in weniger als einer Minute abgespielt. Ich musste mir die Einzelheiten erst nach und nach zusammenreimen. A. hatte weder Erins Verhalten verstanden – gerne hätte A. Erin selber auf ein Getränk eingeladen – noch die schroffe und handgreifliche Reaktion des Bärtigen. A. fragte nach.

Stefan erzählte, dass Erin eigentlich ein armer Kerl wäre, ein Sprachentalent. Neben Englisch, was seine Muttersprache wäre, spräche er Deutsch, Polnisch, Russisch, Spanisch. Irgendwer hätte auch gesagt, Erin könnte ein bisschen Chinesisch, so viel, dass er der Polizei erklären könnte, dass er britischer Staatsbürger wäre und ihre verpissten knorpeligen Entenfüße nicht essen wollte, auch nicht mit süßsaurer Soße. Er hätte in Bristol Deutsch und Russisch studiert. Als nach der friedlichen Revolution in der DDR die Mauer fiel, wäre Erin nach Berlin gegangen. Da hatte er sich bekanntlich sehr wohl gefühlt, weil sich im Prenzlauer Berg zumindest in den Anfangsjahren der Wiedervereinigung jeder einbringen und sein Scherflein zum großen Mosaik beitragen konnte. Vorschriften, die mit der Wiedervereinigung eigentlich auch für Ostberlin hätten gelten müssen, wurden großzügig gehandhabt. Da konnte man zum Frühschoppen 20 Leute auf das Baugerüst einladen, das einem im Rahmen der Haussanierung einfach für ein Jahr vor die Nase oder den dann nicht mehr nutzbaren Balkon gesetzt wurde, ohne dass sich jemand aufgeregt hätte oder die Polizei gekommen wäre. Oder aufs Dach konnte man steigen mit einer Kiste Bier und vielleicht ein bisschen Gras und den Sonnenuntergang am Horizont genießen. Ladenöffnungs- und insbesondere -schließungszeiten wurden großzügig interpretiert und deren Missachtung von großen Teilen der Bevölkerung wohlwollend zur Kenntnis genommen, bis die ersten Bonner Beamten nach Berlin kamen und auf die Einhaltung der Gesetze pochten. Wenn irgendwer, den man nicht kannte, eine Party veranstaltete, durften Leute wie Erin, die stets etwas in lyrischer Form vortragen und kleine Kunststücke vorführen konnten, auch ohne Einladung mitfeiern. Im Idealfall bekamen sie gleich diverse Anschlussangebote für das nächste Wochenende. Das war Berlin. Oder jedenfalls der Prenzlauer Berg und Mitte. In Steglitz tickten sie ja ganz anders. Biedermänner halt. Und weiter im Osten auch. Erin hatte in Berlin oft mit Leuten von der Antifa herumgehangen und mit ein paar Punks, die es sich in einem der leerstehenden Häuser gemütlich gemacht hatten. Im alten Osten Berlins hatte es dann wohl später gelegentlich kleine Scharmützel, aber auch Messerstechereien mit nationalgesinnten Jugendbanden gegeben. Und einmal war auch ein Mosambikaner, der zu Erins Leuten gehörte, lebensgefährlich verletzt worden, als der nach der Wende wiedererwachte nationale Widerstand aus Lichtenberg den elitären Nachbarn aus dem Prenzlauer Berg zeigen wollte, wie weit sein Einflussgebiet reichte, und hierzu die Stadtteilgrenze mit Baseballschlägern und Ketten bewaffnet überschritten hatte. In dieser Zeit war die große Sympathie, die Erin für die Deutschen und ihren friedlichen Kampf gegen die Diktatur hegte, in Missachtung und offenen Hass umgeschlagen. Für Erin waren seitdem vor allem Leute aus den neuen Bundesländern verkappte Nazis und auch alle Ostberliner. Auch solche, die erst später dahin gezogen waren. Erin differenzierte in dieser Hinsicht herzlich wenig.

Irgendwann in der ersten Hälfte der 90er Jahre, als Erin feststellte, dass das neue Deutschland so gar nicht seiner Vorstellung von Toleranz und Solidarität entsprach, kehrte er dem wiedererstarkten Deutschland den Rücken und ging bekanntlich zurück nach England, wo er in Birmingham einige Jahre als Lehrer arbeitete.

Am Anfang, als er nach Krakau gekommen war, hatte Erin von Zeit zu Zeit bei Stefan mit am Tisch gesessen und mitgetrunken. Irgendwann hatte Stefan ihn dann nicht mehr aushalten wollen. Angabegemäß hatte Erin vorher etwas Blödes gesagt und Stefan nicht eingesehen, dass er Erin für diese Frechheit auch noch ein Bier bezahlen sollte. Erin hatte dann eine andere Gruppe gefunden und ging Stefan so weit wie möglich aus dem Weg. Manchmal rasselten die beiden aber doch aneinander. Wie heute Abend.

Erin, sagte Stefan, wäre doch ein tragischer Held. Mit allerlei Gaben und Talenten ausgestattet, wüsste er seine Fähigkeiten nicht halbwegs vernünftig einzusetzen. Dass er sich in Krakau mit Kartentricks und Stuhlakrobatik das nächste Bier verdiente, würde ihm (Stefan) leidtun. Könnte man die Zeit in Berlin noch als Auslandssemester oder Postgraduiertenstudium mit explizitem Praxisbezug betrachten, hätte Erin wohl spätestens hier in Krakau den Pfad der Tugend verlassen und den geordneten Alltag aufgegeben. Ob Erin noch fähig wäre, einem geregelten Job nachzugehen, wenn er denn einen fände, wüsste Stefan nicht. Natürlich hätte er, Stefan, jetzt auch schon eine ganze Menge Spiritus intus, aber er würde ja zwischendurch, also an den normalen Tagen, auch mal etwas essen. Und wenn er arbeitete, könnte er ohnehin nichts trinken. Jetzt, wo er den Lebensunterhalt für die Familie verdienen müsste, gehörten Alkoholexzesse vermutlich der Vergangenheit an. Heute wäre eine Ausnahme wegen der anstrengenden Geburt. Er hätte während dieser schließlich mitgelitten. Aber Erin würde ja mehr Alkohol trinken als essen, und weil er auch nicht regelmäßig arbeitete, gäbe es praktisch kaum Phasen ohne Alkohol. Das wäre auf Dauer nicht gesund, und war es wahrscheinlich jetzt schon nicht mehr. Damit war das Thema Erin abgehakt. Wir fragten nicht weiter nach.

Im weiteren Verlauf des Abends hatten A. und ich schließlich auch noch Gelegenheit, zu berichten, warum wir nach Krakau gekommen waren. Wir hätten gehört und gelesen, dass man hier noch das wahre Polen entdecken könnte, während viele andere osteuropäische Städte wie Prag und Bratislava, aber auch die Hauptstädte im Baltikum viel ihres ursprünglichen Charmes verloren hätten und sich den westlichen Partytouristen geradezu prostituierend anbiedern würden. Johannes sagte, dass sich auch Krakau in den letzten Jahren und verstärkt nach dem EU-Beitritt gewandelt und ein Stück weit verwestlicht hätte. Krakau wäre eigentlich kein Geheimtipp mehr, wobei er die Stadt natürlich nicht schlechtreden wollte. Das, was er früher in Krakau gesucht und in den späten 90ern auch noch gefunden hätte, gäbe es hier heute gar nicht mehr. Da müsste man schon weiter gen

Osten fahren, was er auch regelmäßig täte. Er würde mit dem Zug alle paar Wochen nach Lviv[23], dem früheren Lemberg, fahren. Da gäbe es noch viel zu entdecken. Touristisch wäre Lemberg noch nicht so erschlossen, was viele westliche Besucher davon abschrecken würde, dort auf eigene Faust hinzufahren. Der Service in den Unterkünften wäre nicht viel besser als zu Sowjetzeiten, wegen der desolaten wirtschaftlichen Lage der Ukraine teilweise sogar schlechter, gleichzeitig die Preise aber mindestens so teuer wie in Polen. Das gelte auch für den Alkohol. Deshalb blieben beispielsweise die britischen Partytouristen bis auf weiteres fern (was wiederum nicht schlecht wäre). Dazu käme selbsterklärend das Sprach- und Schrifthindernis. Polen könnten sich in Lemberg leicht verständigen, weil Polnisch eine gewisse Nähe zum Ukrainischen hätte, wenn auch die eine Sprache in lateinischen Schriftzeichen, die andere in kyrillischen Buchstaben geschrieben würde. Für die Russen wäre die Verständigung im Prinzip sogar leichter, praktisch würden viele der westukrainischen Patrioten aber so tun,

---

23 Russisch Lvov.

als ob sie kein Russisch verstünden. Westeuropäer würde man im Prinzip wiederum mögen, vor allem wenn sie ukrainisch sprächen (was aber kaum ein Westeuropäer täte). Kurz, es wäre halt sehr schwierig, auf eigene Faust und ohne entsprechende Sprachkenntnisse nach Lviv zu fahren und sich dort zurechtzufinden. Wenn jemand aber schon seit zwei Jahren Russisch lernte und mit der kyrillischen Schrift vertraut wäre, so wie ich, dann könnte er eine Reise nach Lemberg nur empfehlen. Am besten immer einige Wörter in Ukrainisch einstreuen, und auch der nationalgesinnteste Westukrainer müsste einem dann freundlich gesinnt sein.

Johannes sagte, seine Vorlesungen besuchten auch einige ukrainische Studenten aus Lemberg. Früher hatte Lemberg zu Polen gehört, während der polnischen Teilungen war es später Österreich-Ungarn zugeschlagen worden. Immer hatten hier viele Polen und Ukrainer, aber auch Deutsche gewohnt. Lemberg wäre auch heute noch das europäische Herz der Ukraine. Er stiege dort immer im Hotel Wien ab, das dem Vater einer seiner Studentinnen gehörte und ein sehr gutes

Preis-Leistungs-Verhältnis böte. Von Lemberg hatte vor Jahren schon meine damalige Freundin aus Kiew geschwärmt und wollte auch mit mir dorthin, weil die frühere Hauptstadt Galiziens die westliche Ukraine verkörpert und reich an kulturellen Hinterlassenschaften ist. Wegen des bekannten tragischen Endes unserer Beziehung ist es dann nicht mehr zu einem gemeinsamen Besuch Lembergs gekommen. Von der Ukraine hatte ich mich bis dahin ferngehalten, um alte Wunden nicht unnötig aufzureißen. Nun war mein Interesse an Galiziens ehemaliger Hauptstadt wieder erwacht. Ich hörte Johannes aufmerksam zu. Er rannte bei mir offene Türen ein. Wenn Johannes mir an diesem Abend ein Flugticket verkauft hätte, ich hätte es sofort erworben. Lemberg stellte ich mir – vielleicht etwas einfältig – wie eine Steigerung von Krakau vor. Der Superlativ des wahren Polens. Was jetzt im Einzelnen so besonders an Lemberg war, sagte Johannes nicht. Ich fragte auch nicht nach. Dennoch hatten wir beide das Gefühl, aus den gleichen Gründen und mit gleichem Verständnis von einer unentdeckten Perle Osteuropas zu sprechen.

Der Abend endete kurz nach eins. A. und ich kehrten zufrieden mit uns und mit unserem Besuch in Krakau zu unserer Unterkunft zurück. Morgens aßen wir jeder noch eine anständige Portion Rührei und verteilten darauf all die feinen Dillzweige, die eigentlich auch für die anderen 20 Gäste im Haus hätten reichen sollen. Das Taxi kam um acht.

16

Ein gutes Jahr später schickte mich mein Dienstherr für einige Wochen nach Polen. Die Reise schloss ein Wochenende in Krakau mit ein. Aufgrund meiner Orts- und Sprachkenntnisse fiel mir die Aufgabe zu, für die mitreisenden Kollegen, deren Anzahl am Samstagabend gottlob auf weniger als eine Handvoll geschrumpft war, die Abendgestaltung zu organisieren. Von anderen Dienstreisen weiß ich, dass die Abendgestaltung meistens in einem schlechten Kompromiss endet. Die Güte eines Kompromisses nimmt dabei in aller Regel mit zunehmender Anzahl der Beteiligten ab. Das hat gar nicht in erster Linie mit den Kollegen zu tun, sondern eher mit der Gruppengröße und den meist sehr divergierenden Interessen. Es gelang mir, unser Grüppchen diesen Abend für Kazimierz zu begeistern.

Der Tag war, wie auch die ganze vergangene Woche, heiß gewesen. Wir brachen erst am frühen Abend nach Kazimierz auf. Jeder von uns hatte sich nach seinem Gusto essenstechnisch für diesen Abend gestärkt. So erübrigte sich die Diskussion, ob zunächst ein Speiselokal aufgesucht werden sollte und wenn ja, welches.

Wir kamen auf den Plac Nowy, wo wir uns vor das Alhemia setzten. Hier waren gerade zwei Stühle frei geworden. Zwei weitere hatte ich kurzfristig von den anderen Tischen organisiert, ehe bei uns eine Diskussion über die Suche nach einem anderen Lokal aufzukommen drohte. Wir platzierten uns im Halbrund mehr oder weniger nebeneinander mit Sicht auf den Platz, die Straße und den verbleibenden knappen Meter Bürgersteig, auf dem sich die meisten der Passanten vorbeidrängten. Wir hatten einen grandiosen Blick auf das Treiben in diesem Stadtteil und hier speziell den Platz der Plätze, sieht man von dem mehr kommerziell und touristisch geprägten Stary Rynek einmal ab. Die Szenerie und insbesondere die polnischen Frauen, die sich für den Samstagabend schick gemacht hatten, lenkten unser Interesse schnell auf andere als dienstliche Gesprächsthemen.

Am Tisch neben uns saßen drei Polinnen,

Mitte bis Ende 20. Ich fragte irgendetwas Belangloses, das mir geeignet erschien, ein Gespräch zu beginnen. Natürlich in Polnisch. Das hatte bis jetzt immer verfangen. Die drei rutschten erst ein wenig in Richtung unseres Tisches auf, bevor ich ihnen dann vorschlug, direkt an unseren Tisch zu kommen. Wahrscheinlich hatte ich zu dieser Zeit schon erwähnt, dass wir in beruflicher Mission in Polen tätig waren, was das Interesse unserer Gesprächspartnerinnen einerseits steigerte und andererseits den Verdacht ausreichend schwächte, bei meiner Ansprache könnte es sich um einen gezielten oder gar plumpen Flirtversuch handeln. Wahrscheinlich hatten auch die drei diesen Abend nichts Besseres zu tun, und so rückten sie mit ihren Stühlen synchron an unseren Tisch.

Als sich die meisten unserer Gläser geleert hatten, holte ich für alle ein neues Bier. Die jungen Damen waren in dieser Hinsicht unkompliziert und verzichteten auf die Bestellung kompliziert auszusprechender Cocktails oder anderer Sonderwünsche. Immerhin hatten sie zuvor, als sie alleine am Nachbartisch gesessen hatten, auch schon Bier getrunken.

Das sprach für sie. Und eben auch, dass sie so einfach an unseren Tisch gekommen waren. Cocktailtrinkerinnen hätten vielleicht erst Lippenstift aufgetragen und den Lidschatten nachgezogen, dann noch irgendetwas in ihrer Handtasche gesucht und wären dann nach längerer Diskussion womöglich doch nicht an unseren Tisch gekommen. Die drei sahen im Übrigen auch ohne nachgezogenen Lidschatten ganz passabel aus. Später konnten wir die drei dazu überreden, uns in den Tanzschuppen zu begleiten, den ich von meinen vorherigen Besuchen kannte und den ich meinen Kollegen angepriesen hatte.

17

Wir bezahlten und passierten den Einlass. Es lief wieder 70er und 80er Diskomusik. Der Laden war gut gefüllt. Wie immer waren einige der Damen auf die Bänke am Rande der Tanzfläche gestiegen und bewegten ihre Hüften im Takt der Musik. Hinter der Theke bediente unter anderem wieder Julia T., die mich erkannt hatte und mir ihr bezauberndes Lächeln zuwarf. Die Kollegen und unsere Begleiterinnen schienen mit der Wahl des Ortes zufrieden oder zumindest nicht enttäuscht zu sein. Wir setzten uns an einen der Tische in Eingangsnähe, die anderen waren belegt.

Wir unterhielten uns angeregt. Auf Tanzen waren die Polinnen und einige der Kollegen nicht ganz so erpicht wie ich, so dass es einige Zeit dauerte, bis ich mit Jozefa – das war meine Hauptansprechpartnerin unter den dreien – und einer ihrer Freundinnen zur Tanzfläche schritt.

Als wir einen weiter vorne stehenden Tisch

passierten, riefen zwei Frauen, die ich im Vorbeigehen auf Mitte 30 taxierte, plötzlich: »Hej, hello, and where is your friend André?« Ich war verdutzt. Ich hatte nicht damit gerechnet, angesprochen zu werden und hier jemand zu treffen, den ich kannte. Oder, in gewisser Weise schlimmer, Frauen, die mich kannten, ich umgekehrt aber nicht sie, beziehungsweise Frauen, an die ich mich nicht erinnern konnte ... Ich hätte mit Jozefa und ihrer Freundin natürlich weiter zur Tanzfläche gehen und den Zuruf ignorieren können. Aber auch die beiden hatten den Vorfall mitbekommen. So blieb ich also vorne am Tisch stehen und setzte mich nach einer Schrecksekunde zu den beiden Blondinen an den Tisch. Andererseits wollte ich jetzt auch wissen, wer die beiden waren, warum sie den Namen von A. kannten, meinen aber nicht. Jozefa und ihre Freundinnen hatte ich in diesem Moment vergessen.

Die beiden hießen Agatha und Janina. Janina fing an zu erzählen. Ich wäre doch letztes Jahr mit meinem Freund André in Krakau gewesen. Leider hätten wir uns ja nicht direkt kennengelernt, aber André, so nannte Janina meinen Bekannten A., hätte von mir erzählt und hätte auf mich mit dem Finger gezeigt. Im Grunde genommen hätte André mich sogar vorstellen wollen, aber ich wäre zu sehr mit dem Tanzen und den Frauen beschäftigt gewesen. Einmal hätten André und sie auch nah bei mir gestanden, aber ich hätte das wegen der weiblichen Reizüberflutung gar nicht richtig wahrgenommen. Na ja, jetzt hätte sie mich wiedererkannt. André wäre diesmal wohl nicht mit? Nein, entgegnete ich. Dieses Mal wäre ich aus dienstlichem Anlass hier. Dass A. jetzt fest liiert war und sich verlobt hatte, verschwieg ich in diesem Moment. Janina berichtete, dass sie A. draußen beim Rauchen kennengelernt hatte. Sie wäre eigentlich Nichtraucherin, aber wenn sie am Wochenende mit ihren Freundinnen unterwegs wäre, dann kämen schon einmal so zehn Kippen am Abend beziehungsweise in der Nacht zusammen. Getanzt hätte A. dann zunächst aber mit einem anderen Mädchen. Mit dem wäre A. später auch an die Theke gegangen und hätte etwas getrunken. Es hätte sich dann noch ein Bekannter des Mädchens zu den beiden hinzugesellt. Aus welchem

Grund der Bekannte dazukam, wäre ihr, Janina, nicht klar gewesen. Und dann wäre es zu einem Streit gekommen zwischen André und eben jenem Bekannten des Mädchens. Das Mädchen hätte versucht zu schlichten, aber da es für A. und zugleich auch für den Bekannten Partei ergriff, hätten sie am Schluss alle drei miteinander gestritten. Der Bekannte hätte dem Mädchen dann auf die Wange geschlagen – wenn auch nicht mit voller Kraft. Das wüsste ich doch, fragte Janina. Das hätte André bestimmt erzählt.

Ich versuchte, mich an den Abend zu erinnern. Es musste der erste Abend in Krakau gewesen sein. Über den zweiten Abend hatte A. schließlich ausführlich berichtet, das war die Story mit der Blonden gewesen, die eine Schröder-Köpf-Frisur trug und A. zumindest im Halsbereich mit einer sich jugendlich zart anfühlenden Haut beeindruckt hatte. Zum vereinbarten Treffpunkt war die Blonde am Sonntag trotz aller Komplimente, mit denen sie A. überschüttet hatte, nicht gekommen, und A. hatte mit seiner roten Rose vergeblich gewartet.

Das Mädchen, mit dem A. zunächst getanzt

hatte und mit der er an die Theke gegangen war, musste Anita gewesen sein, die mit der karierten Bluse, mit der ich im Verlauf des Abends auch getanzt hatte und von der ich nicht wusste, wie sie in meine Arme gekommen war. Da hatte ich den Filmriss gehabt, nachdem wir von den Polen, die sich zu uns an den Tisch gesetzt hatten, regelrecht abgefüllt worden waren.

Schließlich hatte ich A. in den Räumen des Clubs nicht mehr gesehen, sondern erst später beim Verlassen des Tanzlokals draußen in einiger Entfernung. Da hatte er eine Frau bei sich gehabt. Das war vermutlich eben Janina gewesen. Mit der hatte er noch einige Zeit verbracht, und dann hatte A. ja bekanntlich um kurz nach sechs Uhr morgens in unserem Zimmer gestanden, gleich nachdem ich eingeschlafen war. A. hatte sich ziemlich bedeckt gehalten, was den Ablauf des Abends und insbesondere der Nacht anging. Dennoch hatte ich mir schon in dieser Nacht und spätestens am Morgen denken können, dass A. nicht so zum Zuge gekommen war, wie er sich das gewünscht und keinen Stich gemacht hatte. A. hatte ja mächtig geflucht, als er zurückkam.

Wenn die Nacht mehr nach seinem Wunsch verlaufen wäre, hätte er das sicherlich ausgeschmückt und kein Detail und wahrscheinlich kein einzelnes Spermium vergessen.

Janina sagte, dass sie in den Streit eingegriffen und schließlich André einfach von den beiden anderen weggezogen hätte. Das wäre die pragmatischste Lösung gewesen. Janina und André hätten sich ja vorher draußen beim gemeinsamen Rauchen schon etwas kennengelernt, und so wäre André willig gefolgt. Was Janina nicht sagte, war, dass sie hier möglicherweise auch eine Chance gesehen hatte, André ganz für sich zu gewinnen. Vorher war A. schließlich auf die jüngere Anita fixiert gewesen, die mit der straff sitzenden kurzärmligen Bluse.

André und Janina hätten dann noch einiges in dem Laden getrunken, wobei André die ersten vier Runden bezahlt hätte, Janina die letzten beiden. Da sich Janina nicht von André aushalten lassen wollte, hätte sie ihm nachher vorgeschlagen, noch einen Absacker im Propaganda einzunehmen. Schließlich wollte Janina nach Hause. André wollte ihr dann das Taxi bezahlen, was Janina nicht gewollt, aber auch nicht abgelehnt hätte. Der Taxifahrer hätte wenig vertrauenserweckend ausgesehen, weswegen André einfach mitgefahren wäre. Auch das hätte sie eigentlich nicht gewollt, wäre dann aber doch froh gewesen. Sie hätte A. schließlich noch auf einen Tee zu sich nach oben in ihre Wohnung eingeladen. Das Gas hätte aber nicht funktioniert. Sie hätte dann irgendwo noch eine Halbliterflasche Wodka gefunden und André diesen angeboten. Alleine hätte der wiederum nicht trinken wollen. Schließlich hätten sie die Flasche gemeinsam geleert, was sehr lustig gewesen wäre. Irgendwann hätte André dann mit ihr schlafen wollen. Das hätte sie die ganze Zeit nicht gewollt, aber André hätte das nicht verstanden oder verstehen wollen. Wegen des vielen Alkohols hätte sie aber dabei auch immer lachen müssen. Als André dann nicht mehr nur an ihr herumspielte, hätte Janina doch noch ernst werden müssen. André wäre daraufhin etwas verärgert gewesen. Schließlich hätte sie gesagt, dass sie jetzt ein Taxi riefe.

Janina schob noch nach, dass André ihr sehr sympathisch gewesen war. Es wäre eben alles sehr schnell gegangen und für ihr Empfinden zu schnell. Gerne hätte sie André am Samstag noch einmal wiedergesehen oder eben jetzt. Warum er denn nicht dabei wäre? Ich erklärte noch einmal, dass ich beruflich und mit den Kollegen in Krakau wäre. Janina fragte, wie es André denn ginge und was er so täte. Ich erklärte, dass wir natürlich Kontakt hätten und er jetzt verlobt wäre. Im November würde er wohl Vater.

In diesem Moment kam Jozefa. Die Kollegen wären nach Hause gegangen. Es wäre doch zu unhöflich von mir, wenn ich jetzt nicht endlich mit ihr tanzte. Schließlich wären sie ja nur wegen uns in diesen Club gegangen.